Kai Lüdders

Weil ich mich hasse

Kai Lüdders

Weil ich mich hasse

Roman

VELUM

1. Auflage: November 2019

Herausgeber: Velum Verlag, Kleinmachnow
Autor: Kai Lüdders
Satz und Umschlaggestaltung: Ligaturas, Kleinmachnow
Gedruckt in Deutschland
ISBN 978-3-947424-07-8

Dieses Buch ist auch als E-Book erhältlich.

Prolog

Diese Aufzeichnung habe ich bei meinem Vater gefunden.

Es war Heiligabend. Es war so, wie jedes Jahr. Die Straßen glänzten, mit Lichtern geschmückt, die Kaufhäuser und Plätze der Stadt waren festlich hergerichtet. Die Weihnachtsmärkte lockten mit leckerem Duft von Glühwein und Süßkram, von gebrannten Mandeln und Bratwürstchen. Einige Menschen hatten Weihnachtsmann-Mützen auf, die Kinder konnten sich an den Tagen zuvor im Alsterhaus am Jungfernstieg beim Weihnachtsmann etwas wünschen. Im Fernsehen wurden Weihnachtsfilme gezeigt, Kerzen brannten überall. Die Nächte wurden dunkler und ruhiger. Es war wie immer, als ob die Zeit für ein paar Tage stehen bliebe.

Der kleine Ben saß am Esstisch, schaute schüchtern, aber hungrig über die Tischplatte. Gab es heute etwas Besonderes zu essen? Vielleicht dieses Jahr? Nein. Es gab Spaghetti mit Tomatensoße, wie jeden Donnerstag. Hatte Mama das Haus doch ein wenig geschmückt? Eine Krippe aufgestellt? Irgendwo einen Weihnachtsmann an die Fenster gehängt? Nein. Es war so wie jedes Jahr. Bens Vater starrte ins Leere, seine Mutter erledigte noch schnell etwas im Haus, bevor sich alle zum Essen am

Tisch trafen. Wie jedes Jahr an Heiligabend herrschte eine gespenstische Atmosphäre im Haus und Ben wusste nicht warum. In der Schule hatten sie Weihnachtsschmuck gebastelt. Er durfte ihn zu Hause aber nicht aufhängen. Neugierig richtete er seinen Blick durch das Fenster im Esszimmer. Er sah das Nachbarhaus, hell erleuchtet. Er sah den Weihnachtsbaum, die Kerzen, die Lichterketten. Er sah fröhliche Menschen, lachende Kinder, stolze Großeltern mit Enkeln auf dem Schoß. Er schaute traurig zu seinem kleinen Bruder Finn, der im Kinderstuhl saß, fröhlich gluckste und von all dem noch keine Ahnung hatte. Ben hörte Kirchenglocken läuten, irgendwo in der Ferne, in der Schule hatten sie ein Krippenspiel aufgeführt. Ben wusste nicht wofür. *Warum sind wir so anders? Warum feiern die anderen Weihnachten und wir nicht? Warum schauen mich die Menschen alle so komisch an? Was ist mit mir nicht richtig? Mögen Mama und Papa mich nicht?*

1. Kapitel

Plötzlich wachte ich auf. Mitten aus dem Tiefschlaf, als hätte mich jemand mit Gewalt geweckt. Es musste noch früh sein. Vielleicht fünf Uhr morgens. Ich riss die Augen auf. Von der einen auf die andere Sekunde war ich hellwach. Irritiert schaute ich mich um. Ich lag in einem großen, fremden Bett. Neben mir mein Kumpel Max. Ich versuchte, die Bilder zu sortieren, die sich mir boten. Wo war ich, was war passiert? Ich hielt den Atem an, ahnte, was mir bevorstand. Wie oft war ich schon so aufgewacht? Wie viele solcher Morgengrauen hatte ich erlebt? Ich lag auf dem Rücken. Das Bett war hart. Der Raum fremd. Der Geruch unangenehm. Mein Kopf dröhnte, die Augen brannten, die Nase war dicht. War es die laute Musik gestern Nacht, die wir in einem der vielen Clubs der mallorquinischen Hauptstadt verbracht hatten? Oder zu wenig Schlaf? Schließlich konnte es noch nicht lange her sein, dass wir schlafen gegangen waren. Ich hatte die letzten Stunden nur Wasser getrunken, Drogen nahm ich nicht. Daran konnte es also nicht liegen. Mein Blick schwirrte hin und her, ich starrte an die Decke. Ich sah Risse, die alte kaputte Lampe, die so aussah, als würde sie jeden Moment herabfallen. Ich drehte mich auf die Seite. Schnell wieder einschlafen. Doch ich wusste, was jetzt kommen würde. Mein Magen tanzte. Ich wurde unruhiger. Ich versuchte, meinen Atem zu verlangsamen. Ein. Und aus. Vergeblich. Ich atmete schneller. Versuchte wieder, den Atem zu kontrollieren. Ruhig atmen, ein und aus. Die Unruhe blieb. Steigerte sich. So wie immer. Alles begann wie schon so oft. Trotzdem fand ich niemals ein Mittel, es aufzuhalten. Ich drehte mich auf die andere Seite. Mein Bauch krampfte sich zusammen. Ich zog die Beine an. Embryostellung. So wie vor der Geburt. Ich spürte eine kurzzeitige Entspannung. Ich schloss die Augen, hoffte, wieder Schlaf zu finden. Wusste, dass Schlaf das Einzige war, was half. Hoffte, dass ich *ihn* dann ein paar Stunden später besiegt hatte. Es war ein ständiger Kampf. *Er* kam ohne Vorwarnung. Scheinbar ohne Grund. Immer morgens. Nie tagsüber, nie abends. Immer frühmorgens. Immer in der schwächsten Phase meines Daseins. Ich versuchte zu entkrampfen, drehte mich auf den Rücken, streckte mich. Ich drückte in den Krampf hinein. Spürte harten Widerstand. Es hörte nicht auf. *Er* hörte nicht auf. Es wurde heftiger. Mein Bauch schien sich von innen nach außen kehren zu wollen. Übelkeit stieg in mir auf. Aber ich konnte nicht unterscheiden, ob mir schlecht oder ich nervös war. Ich wollte aufstehen, herumspringen, herumlaufen. Schien mich übergeben zu müssen. Ich wollte *ihn* boxen. Doch wer war *er*? Ich schaute kurz zu meinem Kumpel. Er lag unbewegt da, ohne Regung. Ich richtete mich auf. Sitzen half manchmal. Mittlerweile war mein Bauch hart wie ein Brett. Ich wollte heulen, nur noch heulen. Doch ich wollte meinen Kumpel nicht aufwecken. Mit der rechten Hand massierte ich meine Augen, mit der linken boxte ich in meinen Bauch, boxte *ihn*. Es hörte nicht auf. Ich legte mich wieder hin. Drehte mich nach rechts, zog die Beine erneut an. Zwei Sekunden Entspannung, dann kam *er* zurück. Mit mehr Wucht als vorher. Die Tränen stiegen auf. Ich unterdrückte sie. Draußen von der Straße kam ein wenig Licht ins Zimmer. Ich versuchte, klar zu denken: Es ist alles gut. Alles ist gut. Du hast Lissy. Sie ist eine tolle Frau, du hast zwei tolle Kinder. Hast gerade ein tolles Wochenende hinter dir, mit tollen Freunden. Du bist nicht arm, du hast eine Familie, tolle Eltern, hast einen kleinen Bruder, mit dem du dich verstehst. Und mitten in diesen Gedanken schlug *er* wieder zu. Mit ungebremster Kraft. Ich wollte schreien, musste aufstehen, versuchte, Max nicht zu wecken, ging in den Flur der Ferienwohnung, in der wir uns dieses Wochenende in Palma eingemietet hatten. Ich stolperte fast, weil meine Beine aus Gummi zu sein schienen. Ich spürte ein Zittern am ganzen Körper. Ich blieb stehen, hielt wieder den Atem an. Dachte an die anderen zwei Kumpel, Finn und Tarek, die links und rechts vom Flur allein in ihren Zimmern schliefen und schnarchten. Tief im Land der Träume. Zufrieden, glücklich. Ich schleppte mich durch den Flur. Wollte gegen die Wände schlagen, ging ins Badezimmer, sah mich im Spiegel. Machte Kniebeugen, wollte *ihn* loswerden, wollte *ihn* vernichten, wollte *ihn* töten. Ich sah mir in die Augen, bemerkte, dass ich rot anlief. *Er* wurde stärker. Ich ging in die Knie, krampfte, hielt abermals den Atem an, wollte *ihn* ersticken. Doch *er* hörte nicht auf. Ich stand wieder auf, begann langsam und gleichmäßig zu atmen, *er* ließ ein wenig von mir ab. Ich musterte mich, sah mir wieder in die Augen. Stützte mich auf das Waschbecken, kniff die Lippen zusammen und biss mir auf die Unterlippe, bis sie fast blutete. Atmete weiter. *Er* begann, den Griff zu lockern. Ein wenig. Aber ich wusste, *er* würde nicht aufgeben, nicht vor dem Morgen, wenn die anderen wach waren. Und ich mit ihnen sprechen konnte. Bis ich bei Lissy war, bis ich zumindest mit ihr telefoniert hatte. Bis ich zu Hause in meinem eigenen Bett war. Bis ich in Sicherheit war. Bis ich endlich nicht mehr allein war. Nicht mehr ganz allein. Allein. Ich starrte mich im Spiegel an. Angsterfüllt, kreidebleich, die roten Augen tränenerfüllt, hilfesuchend. Ich fragte mich: *Warum macht er das? Warum kommt er immer wieder? Wieso lässt er mich nicht einfach in Ruhe?* Ich fragte mich. Und wusste schon die Antwort. Warum *er* es tat? Weil ich mich hasse.

2. Kapitel

Ich verstand nie, wieso andere Menschen meinen Vater so merkwürdig fanden. Oder warum zumindest mein Vater dachte, dass sie das täten. Für mich war er der normalste Mensch, den man sich nur vorstellen konnte, und der beste Vater der Welt. Andere Kinder erlebten ihre Väter meist nur abends, wenn überhaupt. Und am Wochenende. Und dann wollten die ihre Ruhe haben, weil sie sich erholen mussten, um am Montag wieder fit für den Job zu sein. Damit sie wieder bereit waren für die Arbeit, um noch mehr Geld zu verdienen. Um sich noch mehr Dinge leisten zu können, von denen sie sich einredeten, sie zu brauchen. Um sich ein noch größeres Haus zu kaufen. Ein noch größeres Auto. Oder ein Boot. Zumindest empfand ich es so. Bei vielen Menschen war es sicher anders, und daher ist es vielleicht ungerecht, was ich behaupte. Aber mir wurde irgendwann bewusst, dass mein Vater ganz gezielt etwas durchbrechen wollte, was die herkömmliche Lebensweise betraf.

Mein Name ist Maja. Vor Kurzem bin ich dreißig Jahre alt geworden. Als ich vor ein paar Tagen meine Mutter besuchte und mich dort an den alten Schreibtisch meines Vaters setzte, habe ich die Aufzeichnungen gefunden. Und ich begann zu grübeln, in den alten Erinnerungen zu kramen und mich an die Zeit zu erinnern, die für unsere Familie gleichermaßen elementar wie prägend war.

Mein Vater war immer da. Er war fast immer zu Hause. Irgendwann fragte mal eine Freundin von mir, ob er denn nicht arbeite. Anfangs schämte ich mich beinahe ein bisschen und sagte, er sei Schriftsteller und würde zu Hause schreiben. Aber das stimmte nicht. Er schrieb eher abends, wenn wir Kinder schon im Bett waren. Später dann reagierte ich trotzig auf solche Fragen: weil er einfach gerne bei uns ist. Bei mir und meinem jüngeren Bruder Moritz. Einmal, als Moritz noch klein war und wir zu dritt mal wieder auf der Couch gekuschelt hatten, sagte mein Bruder, der Vater seiner Kita-Freundin sei Pilot. Mein Vater fragte daraufhin, ob Moritz denn auch wisse, was sein Vater von Beruf sei. Es war gleichermaßen entwaffnend wie entzückend, was Moritz antwortete: »Mein Papa spielt mit mir.« Mein Vater schaute zunächst verblüfft, musste dann aber lachen – wie so häufig, wenn wir vier, das waren meine Mutter Lissy, mein Vater Ben, mein Bruder Moritz und ich, zusammen waren.

Als ich jünger war, war mein Vater anders gewesen. Er hatte viel gegrübelt, schien abwesend, manchmal genervt, oft irgendwie unglücklich. Heute würde ich sagen, dass er damals mit sich und der Welt haderte und mit sich selbst nicht im Einklang war. Manchmal konnte er auch lachen, vor allem, wenn wir vier zusammen in unserer eigenen kleinen Welt waren. Er weinte selten, schimpfte immer mal wieder, mal mit uns, mal mit Mama, vor allem aber über andere. Für mich war das Wichtigste, dass er bei uns war. Er war zweifellos ein wichtiger Mensch für mich, der wichtigste Mensch in meinem Leben. Doch ich merkte auch, dass er von irgendetwas getrieben war. Dass er ein rastlos Suchender war. Bis er irgendwann doch eine Art Mitte gefunden zu haben schien.

3. Kapitel

Ich habe irgendwo gelesen, dass die Tibeter die Begrifflichkeit des Wortes Selbsthass oder Selbstverachtung nicht verstehen. Der Dalai-Lama soll einmal vor vielen Jahren bei einer Konferenz mit westlichen Wissenschaftlern und Psychologen beim Thema Depression ausdrücklich seinen Dolmetscher befragt haben, was der westliche Vortragende da gerade gemeint habe. Es ist nicht das Wort an sich, sondern das Gefühl, das die Tibeter offenbar schlichtweg nicht kennen. Und ich bin das genaue Gegenteil. Man kann wohl sagen, dass ich der Inbegriff dessen bin, was man hierzulande Selbsthass nennt.

Ich bin Benedikt, aber alle nennen mich Ben. Ich bin neununddreißig Jahre alt, angeblich hochbegabt, habe drei Studiengänge absolviert und keinen festen Job. Ich hatte in fünfzehn Jahren zwölf verschiedene Arbeitsstellen, war mal selbstständig, meistens angestellt und habe jedes Mal irgendwie versagt. Dann habe ich es einfach gelassen. Ich kann eigentlich nichts richtig, habe keinen Doktortitel, kein sonderlich gutes Abitur, keine Wundernote bei meinen Studienabschlüssen. Menschen machen mir wahlweise Angst oder amüsieren mich. Richtig ernst konnte ich in meinem Leben bisher wenige nehmen. Ich habe immer das Gefühl, dass mich die Menschen wie einen Außerirdischen angucken. Vor allem, wenn ich anfange zu reden. Manchmal kommt es mir sogar so vor, als ob ich eine ganz andere Sprache spreche. Und irgendwann habe ich für mich entschieden, dass kein anderer Mensch oder gar die Umstände oder die Gesellschaft im Allgemeinen, sondern einzig und allein *ich* Schuld daran trage.

Kurz bevor die ganze Sache ins Rollen kam, vor ungefähr einem Jahr, hatte ich es mal wieder erlebt. Da prügelte ich mich beinahe mit einem Taxifahrer. Der ging mir mit seinem Gerede nur noch auf die Nerven. Ich erinnere mich, dass ich mich ohnehin seit Tagen in einer Art kritischen Phase befand – erst waren mir nur meine Familie, dann auch die Politik, später noch die Nachbarn und schließlich die ganze Welt auf die Nerven gegangen. Ich haderte mit allem und mit jedem. Und in solchen Phasen schlug die Genervtheit manchmal in Wut und auch in Aggression um. Nachdem ich den Taxifahrer nach seinem Taxischein gefragt hatte, er aber nur rumdruckste, da wusste ich, dass mein Fahrgeld weder versteuert noch sonst wie in irgendeiner Art der Gesellschaft zugutekommen würde. Zumindest war das für *mich* offensichtlich. Und wie auf Knopfdruck verkörperte er für mich in diesem Moment all die Ungerechtigkeiten, die in diesem Land und dieser Welt herrschten. Er war Sinnbild für Korruption, Steuerhinterziehung, das schlechte Bildungssystem und für Armut.

Und das ließ ich ihn wissen. Ich saß hinten neben Lissy, meiner Frau, wir kamen von einer der seltenen Partys, die wir besuchten, und ich konnte nicht anders: Ich fing an, auf den Taxifahrer einzureden. Er war davon sichtlich genervt und fühlte sich bald – berechtigterweise – angegriffen. Und da keiner von uns beiden so klug war, nachzugeben und den Mund zu halten, schaukelten wir uns gegenseitig hoch und die Stimmung wurde sehr schnell sehr aggressiv. Schließlich hielt er an und forderte mich mit groben Worten zum Aussteigen auf. Lissy schüttelte den Kopf, als sie mich ansah und sagte, ich solle jetzt ruhig sein und bitte einfach aussteigen. Ich fragte den Taxifahrer, warum er mich beleidige, was sein Problem sei, ich hätte ihn in keiner Weise so persönlich angegriffen wie er mich. Statt ruhiger wurde ich immer wütender. Der Taxifahrer stieg aus, öffnete meine Tür und forderte mich mit wütendem Blick letztmalig auf, sein Fahrzeug zu verlassen. Lissy trat aus dem Wagen und schien etwas wie »Ben, nicht schon wieder!« zu seufzen. Dann ging sie davon. Als ich ausstieg, baute sich der Taxifahrer vor mir auf, ich pumpte mich ebenfalls auf und wir standen Nase an Nase. Jeder war bereit, den ersten Schlag auszuführen. Dazu kam es glücklicherweise nicht, da ich vom Knallen einer Autotür abgelenkt wurde: Meine Frau war zu unserem Auto zurückgelaufen – wir hatten die Party noch nicht weit hinter uns gelassen – und betrunken in unser Auto gestiegen, das wir eigentlich hatten stehen lassen wollen. Als ich mich umsah, fuhr sie gerade los – und ließ mich stehen. Aus dem geöffneten Fenster rief sie mir im Vorbeifahren noch zu, ich sei einfach nicht normal. Der Taxifahrer fuhr auch weg und so musste ich anderthalb Stunden nach Hause laufen, wo ich schließlich schweißgebadet, wütend, gefrustet und einsam ankam. Von Lissy fühlte ich mich in diesem Augenblick so weit entfernt wie noch nie. Als hätte ich meine letzte Verbündete verloren.

Ja, ich bin anscheinend nicht normal. Was sie nicht sagt! Seitdem ich denken kann, habe ich das Gefühl, dass mich etwas von den anderen Menschen trennt. Ich hatte zwar immer Freunde, bin ein durchaus sozialfähiges Wesen, kann mich in andere Menschen hineinfühlen, setze mich für andere ein. Doch es bleibt das Gefühl, dass etwas fehlt, etwas nicht stimmt. Bis heute suche ich irgendetwas. Und finde es offenbar nicht. Ich habe dieses Etwas in geschäftlichen Erfolgen gesucht, habe manchmal Misserfolge geradezu herbeigesehnt, um es zu spüren. Habe versucht, mich im Sport zu finden, Recht studiert, nur um festzustellen, dass es das Recht nicht gibt, habe Politik studiert, nur um festzustellen, dass sie stets unvollständig sein wird, habe Religionen ausprobiert, habe Philosophie studiert und gemerkt, dass die reine Theorie mir auch nicht reicht. Nirgendwo hat man die Chance, das zu finden, was man das Selbst nennt. Psychologen konnten mir nicht helfen, und das Glück im Konsum zu finden, stellte sich für mich schnell als abwegig heraus; Erfolge machen süchtig und andere Menschen bleiben mir immer leicht suspekt.

Und bis vor einem Jahr trieben mich auch noch andere Fragen um. Ich grübelte: Warum war ich so geworden? Was hatte mich so anders werden lassen? Wieso war ich so ganz anders als mein jüngerer Bruder, als meine Mutter, als mein Vater? Wieso hasste ich mich so? Und vor allem: Warum war ich so streng zu mir? Wieso urteilte ich so hart über mich selbst? Helfen konnte mir dabei keiner.

Als ich jünger war und noch Hoffnung hatte, dass andere mir Antworten geben könnten, fragte ich meine Eltern. Doch von denen kamen stets Floskeln wie: »Im

Studium wirst du noch genug Leute zum Diskutieren haben, wirst Menschen treffen, die so sind wie du.« Oder: »Hinterfrag doch nicht immer alles! Nimm die Dinge einfach mal hin, wie sie sind!« Klar, das versuchte ich. Das half mir aber nicht weiter, weil ich nun hinterfragte, warum ich denn nicht hinterfragen sollte. Irgendwo musste es die Antwort geben! Schließlich hatte alles seinen Grund und seinen Sinn, nichts passierte zufällig – davon war ich überzeugt. Später wurde mir klar, dass mir meine Eltern nicht helfen konnten, und ich machte alles mit mir selbst aus.

Vor zehn Jahren lernte ich Lissy kennen. Sie ist die Liebe meines Lebens. Sie gab meinem Leben endlich einen Sinn. Sie war schon immer wunderhübsch: ungefähr 1,65 Meter groß, schlank, aber nicht zu dünn – ich liebe ihre kleinen Rundungen. Sie hatte dunkelbraunes langes Haar, das sie wahlweise offen trug oder zu einem Zopf zusammenband. Sie trug gerne verspielte Klamotten, aber nichts Extravagantes. Lissy hat riesengroße blaugrüne Augen und unglaublich lange Wimpern. Ihre Haut ist so wunderschön weich, dass ich es liebe, mit meiner Wange an ihrer zu liegen. Wir bekamen zwei Kinder, Maja und Moritz, zogen in eine Wohnung am Goldbekplatz in Hamburg-Winterhude, machten Urlaube, erlebten Abenteuer. Lissy machte fast alle Verrücktheiten mit, die mir so einfielen, um diese verdammte Leere zu füllen. Doch manchmal, was man der armen Lissy nicht zum Vorwurf machen kann, stieß auch sie an ihre Grenzen. Und zwar vor allem, wenn mein Selbsthass zum Vorschein kam. Zwar stellte ich den nicht offen zur Schau. Das heißt, ich lief nicht mit aschfahlem Gesicht und Schlafzimmerblick durch die Gegend und suchte eine Möglichkeit zur Selbsttötung oder ritzte mir die Arme. Aber in bestimmten Situationen – vor allem, wenn ich mir unsicher war, ob ich richtig gehandelt hatte oder nicht – reagierte ich wie auf den Taxifahrer: Ich trat die Flucht nach vorne an und brachte mich in Situationen, die nur böse enden konnten. Wenn ich schon anders war, warum sollte ich das nicht auch offensiv zur Schau stellen? Jeder sollte wissen: Hier kommt der Außerirdische. Das Blöde an der ganzen Sache war aber die Aggression. Diese Wut, die mich in solchen Situationen manchmal durchdrang, durchschüttelte und in Beschlag nahm. Zum Teil war ich wütend auf andere; aber hauptsächlich kam dabei meine Wut auf mich selbst zum Vorschein. Manchmal glaubte ich, dass ich gegen diese Wut keine Chance hatte. Ich hatte versucht, sie zu besiegen, sie herunterzuschlucken, sie zu einem handlichen Bündel zu schnüren und zu vergessen, aber keine Chance: Die Wut war wie ein wucherndes Unkraut, das immer und immer wieder kommt. Und was macht man mit so einem Kraut? Man packt es an der Wurzel. Also tat ich das – oder versuchte es zumindest. Diverse Psychotherapien, Einzeltherapie, Gruppentherapie, Arbeiten mit dem Inneren Kind, Verhaltenstherapie, Tiefenpsychologie. Aber all das war nur Stückwerk. Nirgends fand ich das, was ich suchte. Nirgends fand ich die Wahrheit. Und vor allem konnte *ihn* nichts verschwinden lassen. *Ihn*, der mich an vielen Morgen so gnadenlos überfiel.

Vielleicht muss ich es deshalb als eine Art Geschenk empfinden, was ich – ein paar Tage nach meinem Streit mit Lissy nach der Party – zu Hause bei meinen Eltern erfuhr. Etwas war in Gang gekommen und konnte mich eventuell zum Ziel bringen. Am Abend, bevor ich davon erfuhr, unterhielt ich mich mit Lissy. Es war ein später Augustabend. In ganz Deutschland war es extrem heiß, selbst bei uns im Norden, und ich saß mit Lissy und einer Flasche gekühltem Weißwein auf unserem großzügigen Balkon. Ich genoss die Stille. Unsere Kinder, Maja, sieben Jahre alt, und Moritz, drei Jahre alt, schliefen. Nachdem sie uns mal wieder einen Kampf geliefert hatten, der uns alles abverlangte, waren sie schließlich erschöpft eingeschlafen und wir konnten ausnahmsweise verhältnismäßig früh den erwachsenen Teil des Abends beginnen. Wir schauten schweigend von unserem Balkon auf den Goldbekplatz mit seinem Spielplatz, der direkt am Goldbekkanal, unweit der Außenalster, ruhig vor uns lag. Wir liebten unsere Wohnung, unser kleines Refugium über den Dächern Winterhudes, wir waren mittendrin in der schönsten Stadt der Welt, meiner Heimat- und Geburtsstadt. Nach dem Eklat im Taxi war meine Stimmung plötzlich umgeschlagen. Meine Selbstzweifel, meine Unzufriedenheit und meine dauernde Suche waren nicht mehr so präsent. Der Alltag war automatisiert, die Kinder stritten unentwegt und gaben mir nicht die Zeit und den Raum, mich in schlechten Gedanken zu verfangen. Nichts schien darauf hinzuweisen, dass sich mein Leben schlagartig verändern würde.

Unser Gespräch war zwar keinesfalls der Auslöser der Veränderungen, doch für mich begann alles, als Lissy mir eine gleichsam bekannte wie befürchtete Frage stellte. Mitten in unsere Idylle, mitten in die Sorglosigkeit hinein eröffnete sie die alljährliche, von mir gehasste Diskussion.

»Schatz, wollen wir dieses Jahr Heiligabend nicht mal zu deinen Eltern?« Ich wollte es nicht hören, wollte so tun, als ob ich schliefe, wollte mich einfach wegducken. Doch mit Lissy konnte ich solche Spielchen nicht treiben. Die würde nicht locker lassen. »Vielleicht wäre es an der Zeit, den Kindern zur Abwechslung mal ein schönes Weihnachtsfest zu bescheren.« Meine Laune verschlechterte sich schlagartig. Lissys fordernder Unterton nervte mich. Ich wollte hier doch nur in Ruhe meinen Wein trinken und den Kinderstress abbauen. Stattdessen entfachte sie den nächsten Brandherd. Ich biss mir auf die Unterlippe und wollte am liebsten aufstehen und gehen. Stattdessen nahm ich einen großen Schluck Wein und schwieg. »Schatz, ich weiß, dass du Weihnachten hasst. Aber übertrag das doch nicht auf unsere Kinder. Ich würde meine Eltern auch einladen. Unsere Eltern verstehen sich doch ganz gut. Und alle könnten helfen.« Auch das noch. Lissy plante ein volles Haus. Vielleicht auch noch ihre Schwester? Samt Mann und Kind? Innerlich schüttelte es mich: Was für ein Albtraum. Eisern schwieg ich weiter, setzte meinen finstersten Blick auf, um Lissy klarzumachen, was ich von ihrem Vorschlag hielt: nämlich gar nichts.

Ich wollte es bei diesem Thema so wie immer machen, wenn mich etwas Unangenehmes ansprang, die Wut in mir aber noch beherrschbar war: untertauchen, durchhalten. Wenn die Wut zu groß wurde, schlug ich um mich. Doch jetzt stellte ich mir vor, wie ich die grässliche Musik und die fiesen Lichter leidvoll, aber aufrecht ertragen, ein paar Geschenke im Internet bestellen und einen dämlichen, überteuerten Baum beim naturnahen Weihnachtsbaum-Verkäufer auf dem Goldbekplatz kaufen würde. Wie immer würden wir schnell etwas essen, ich würde einen Aquavit trinken, um in der Lage zu sein, für die Kinder etwas Stimmung machen zu können, dann schnell schlafen gehen und auf Silvester warten.

Lissy beugte sich zu mir vor, hielt in der einen Hand ihr Glas, mit der anderen streichelte sie mein Knie. »Warum hasst du Weihnachten eigentlich so sehr? Ich habe dich das noch nie gefragt.« Stimmt. Gefragt hatte sie, glaube ich, noch nie. Oder ich hatte stets deutlich gemacht, dass ich darüber nicht sprechen wollte. Wir lernten uns kennen und mit ihr kam das andere, das feierliche Weihnachtsfest in mein Leben. Sie zeigte mir, wie das geht. Wie sie es bisher mit ihren Eltern all die Jahre gefeiert hatte. Mit glücklichen Menschen, festlicher Stimmung, gutem Essen, Trinken, Ruhe und Geborgenheit. Mit Wärme, Duft und Lachen. Etwas, das ich erahnen konnte, wenn ich tief in mir grub, das mir aber nicht geläufig war, weil wir in der Familie niemals Weihnachten gefeiert hatten. Als ich bei meinen Freunden und Klassenkameraden mitbekam, wie sie das Fest begingen, war ich neidisch auf sie, so wie später auch auf Lissy. Und als wir dann unsere eigene Familie hatten, vergrub ich mich, mutierte zu einem Weihnachtsverweigerer und hoffte jedes Jahr, dass diese Tage schnell vorbeigehen würden.

»Ich hasse Weihnachten nicht«, versuchte ich die Stimmung und vor allem meine eigene Reaktion zu entschärfen. Lissy lachte laut und spöttisch auf. Ich schaute sie genervt an. Veralbert werden war jetzt das Letzte, was ich brauchte. »Okay, ich finde es einfach dämlich. Es ist alles eine große Heuchelei. Weihnachten soll ein christliches Fest sein, ein Tag des Innehaltens, das Fest der Liebe – und es ist doch bloß der große Tag der Spielzeugindustrie. Die Menschen streiten und schlagen sich an 362 Tagen im Jahr, an diesen drei Tagen wollen sie plötzlich alle nett zueinander sein. Und dann streiten und schlagen sie sich doch nur.« Ich sah, wie Lissy die Augen verdrehte, und merkte, dass ich dabei war, einen meiner moralischen Vorträge zu halten, mit denen ich bei meinen Mitmenschen gerne mal aneckte. In letzter Zeit auch immer öfter bei Lissy.

»Ich weiß, was du von dem ganzen Gehabe hältst, Schatz«, versuchte sie, ruhig auf diesen Ansatz eines Vortrages zu reagieren. »Aber warum *hasst* du Weihnachten?«

»Weil …«, begann ich. Und konnte nichts weiter hinzufügen. Ich versuchte, mich zu erinnern. An Weihnachten gab es bei uns zu Hause keinen Baum, keine Lichterketten, keine Kirchenbesuche, keine Verwandten. Kein Lachen, keine Umarmungen, keine Atmosphäre. Stattdessen ein paar kleine Geschenke, selten ein schöneres Abendessen als sonst und massig schlechte Laune meiner Eltern. Es war eigentlich jedes Jahr dasselbe: Mein Vater ging am Morgen einkaufen – schließlich musste man an den lästigen Feiertagen auch etwas essen –, meine Mutter kochte am Heiligabend stumm vor sich hin, mein Vater öffnete den Wein und wortlos aßen wir zu Abend. Das war nur an Weihnachten so, sonst herrschte bei uns keineswegs dauernd Schweigen und schlechte Laune. Je mehr ich darüber nachdachte, umso mehr wurde mir klar, dass ich gar nicht genau wusste, warum wir nie richtig Weihnachten gefeiert hatten. Vielleicht bedeutete Weihnachten meinen Eltern einfach nichts? Auf meine seltenen Nachfragen hatten sie immer dasselbe geantwortet: Sie seien nun mal keine Christen, daher würden sie sich auch nicht wohlfühlen, dieses christliche Fest zu feiern. Auf die Frage, ob sie damals nicht kirchlich geheiratet hatten, reagierten sie ausweichend. Das sei lange her, sagten sie nur gereizt. Irgendwann war es bei uns Routine und mein Bruder Finn und ich machten uns eher einen Spaß aus der Grabesstimmung, als uns aufzuregen, traurig zu sein oder uns gegen die Nüchternheit unseres Weihnachtens aufzulehnen. Das Gute an allem war, dass Finn und ich zu späterer Stunde feiern gehen konnten. Anderen Freunden wurde das von ihren Eltern natürlich verboten, sie hatten den Abend bei der Familie zu verbringen, Partys machen konnten sie an allen anderen Tagen des Jahres. Im Gegensatz zu denen hatten wir an diesem Abend alle Freiheiten. Und es gab richtig gute Partys in Hamburg am späten Heiligabend: im ›Locks‹ an der Poppenbütteler Schleuse, wenn wir uns nur um die Ecke ein bisschen vergnügen oder im ›Voilà‹, wenn wir in einen richtigen Club gehen wollten. Meine Eltern öffneten dann immer noch eine Flasche Wein und lasen oder schauten fern. Manchmal kam auch noch eine zweite Flasche hinzu und am nächsten Morgen waren nicht nur Finn und ich, sondern alle recht verkatert und schliefen lange aus. Einmal kam ich etwas früher von einer Party nach Hause, weil ich keine Lust mehr hatte. Ich war müde und wollte schlafen. Zu meiner Überraschung waren meine Eltern noch wach. Ich hatte die Haustür leise aufgeschlossen, um meine Eltern nicht zu wecken, und trat ins dunkle Haus, als ich sah, dass im Wohnzimmer noch eine Kerze brannte. Auf Zehenspitzen näherte ich mich und hörte meine Mutter leise weinen. Ich steckte lautlos meinen Kopf durch die Tür und sah meinen Vater, der sie in den Arm nahm und leise mit ihr sprach. Ich habe niemals gefragt, was damals los war; ich wollte ja nur ins Bett und machte mir keine großen

Gedanken. Schließlich war es nicht das erste Mal gewesen, dass ich Tränen bei meiner Mutter gesehen hatte.

In diesem Moment, als Lissy mich fragte, warum ich Weihnachten hasste, nahm ich mir vor, meine Eltern demnächst danach zu fragen. Vielleicht konnten sie sich ja noch an das Jahr erinnern.

»Weil was?«, unterbrach Lissy meine Gedanken. Ich schaute hoch, hatte noch Bilder meiner weinenden Mutter im Kopf und versuchte, eine Antwort zu formulieren.

»Weil ich zu Hause eben niemals Weihnachten gefeiert habe.«

Lissy nickte verständnisvoll. »Ja, das weiß ich, mein Schatz. Aber genau deshalb könnt ihr es doch mal versuchen. Deine Eltern müssen sich auch um gar nichts kümmern! Einfach genießen und loslassen. Einfach mal auf sich wirken lassen. Ich weiß, dass es ihnen mit uns gefallen wird. Die Kinder würden sich tierisch freuen! Und wenn es deinen Eltern nicht gefällt, dann lassen wir es im nächsten Jahr wieder sein.« Sie machte eine kurze Pause, musterte mich kurz und fügte dann hinzu, als könnte sie Gedanken lesen: »Und meine Schwester kann eh nicht kommen. Die fahren in die Berge.« Ich grinste sie an, da sie genau wusste, dass ich auf ihre Schwester am wenigsten Lust hatte. Sie nutzte meine sichtbare Stimmungsverbesserung aus und schob hoffnungsvoll hinterher: »Oh Schatz, ich würde mich echt freuen! Das würde mir so viel bedeuten!«

»Okay, ich kann meine Eltern ja mal fragen. Finn hätte sicherlich auch Lust, mal etwas anderes zu machen als sonst.«

»Super!« Ich spürte, dass Lissy sich aufrichtig freute. Und erleichtert war. Wahrscheinlich hätte sie niemals mit so wenig Widerstand von mir gerechnet. Und ich war erstaunt, dass ich sogar ein wenig Neugierde verspürte. Wie das wohl werden würde? So ein Trubel zu Weihnachten in unserem Haus in Poppenbüttel? Mit Lissys Eltern?

»Ich bin morgen mit Finn bei meinen Eltern. Dann kann ich das ja mal wohlwollend vorschlagen.«

»Soll ich mitkommen?«

»Nee, lass mich das mal allein machen. Vielleicht rufe ich Finn vorher an und weihe ihn schon ein.«

4. Kapitel

»Heiligabend?«, fragte meine Mutter erstaunt. Und ein wenig geschockt, wie mir schien.

Am nächsten Nachmittag war ich bei meinen Eltern zu Besuch. Mein Vater war noch unterwegs, er würde aber gleich kommen, hatte unsere Mutter versichert, und ich nutzte die Zeit, um gleich zu Beginn das Thema anzusprechen. Meine Mutter, mein Bruder Finn und ich saßen am Esstisch unseres Elternhauses in Hamburg-Poppenbüttel und tranken einen Kaffee. Finn hatte ich wie geplant bereits vorher angerufen und wie von mir erwartet hatte er sich für meinen Vorschlag recht aufgeschlossen gezeigt. Und nun blickten wir beide meine Mutter an und waren neugierig auf ihre Reaktion. Sie schaute uns abwechselnd an, als vermutete sie, Opfer einer Verschwörung zu sein, doch wir lächelten nur und versuchten, sie mit Humor und Lockerheit zu überzeugen: Es sei endlich an der Zeit, Heiligabend so zu feiern, wie es in Hamburg üblich war.

In diesem Moment kam mein Vater fast lautlos herein. Die Stimmung schlug plötzlich um. Wie ein Geist stand er in der Tür und trat mit todernster Miene zu uns ins Esszimmer. Er war blass, hatte tiefe Augenringe, als hätte er tagelang nicht geschlafen, er ging gebückt und war offenbar vollkommen antriebslos. Er sah aus wie der leibhaftige Tod. Dabei war er erst neunundsechzig Jahre alt, zwei Jahre älter als meine Mutter, erst seit drei Jahren in Rente, war nie krank, nicht gebrechlich, hatte noch ein paar richtig gute Jahre vor sich. Jahre, die sich meine Eltern verdient hatten. In denen sie reisen, andere Kontinente kennenlernen und neue Hobbys entdecken wollten. Doch jetzt kam er ins Esszimmer, rang um Haltung, seine Stimme brach. Meine Mutter stand erschrocken auf, Finn und ich hielten den Atem an.

Mein Vater sagte: »Weihnachten? Das wird wohl nichts.« Schweigend schauten wir ihn an. Langsam ging er zu einem Stuhl und setzte sich. »Ich komme gerade vom Arzt.« Ich glaube, meine Mutter ahnte sofort, was los war – obwohl sie offenbar gar nicht mitbekommen hatte, dass mein Vater vorgehabt hatte, sich untersuchen zu lassen. Das war typisch für ihn: Er ging nie zum Arzt; und wenn, dann war meine Mutter sicherlich die Letzte, die davon erfuhr. Alles, was mit Krankheiten zu tun hatte, machte er mit sich selbst aus.

»Vom Arzt? Welchem Arzt?« Aus der Stimme meiner Mutter sprach die Angst. Sie hatte Augen im Kopf, und sollte mein Vater gedacht haben, er könnte ihr etwas vormachen, dann hatte er sie unterschätzt. Finn schaute mich ernst und fragend an, ich zuckte mit den Achseln.

»Vom Onkologen.« Mir drehte sich der Magen um. Meiner Mutter schossen die Tränen in die Augen, ihre Ängste waren wahr geworden. Finn sah fassungslos zu unserem Vater. Onkologe. Krebs.

»Vom Onkologen? Bernd, du hast nie etwas erzählt?« In ihrer Stimme schwang ein Hauch von Vorwurf mit, aber vordergründig Verzweiflung, Besorgnis, Panik.

»Ich weiß, ich wollte aber nicht, dass du dir Sorgen machst. Ich hatte schließlich nicht gedacht, dass …« Ihm brach die Stimme. Finn stand auf, ging nach nebenan in die Küche und kam mit einem Glas Wasser für unseren Vater zurück.

»Papa, sag endlich, was los ist!« Finns Stimme war an Schärfe fast nicht zu überbieten. Als hätte mein Vater etwas falsch gemacht.

Beinahe erschrocken antwortete dieser: »Die haben etwas bei mir festgestellt. An der Prostata.« Er trank hektisch einen Schluck Wasser, verschluckte sich und fing an zu husten. Finn ging zu ihm und schlug ihm heftig auf den Rücken.

»Finn, nicht so doll! Lass Papa mal!« Mich machte die Boshaftigkeit, die Finn unserem Vater gegenüber in diesem Augenblick zum Ausdruck brachte, richtig sauer. Wie konnte er seine Wut nur so an ihm auslassen? Unser Vater war doch gerade die ärmste Sau! Papa sah dankbar zu mir herüber. Meine Mutter stand auf, wobei sie sich die rechte Hand vor den Mund hielt. Trotz ihrer geröteten Augen versuchte sie, die Fassung zu bewahren. Affektierte Heulanfälle waren nicht ihre Sache. Haltung bewahren, das war für sie immer wichtig gewesen.

»Also«, fuhr mein Vater fast flüsternd fort, »ich hatte da seit einigen Monaten so ein paar Probleme. Schmerzen. Irgendwann bin ich dann zum Arzt und der schickte mich gleich zur näheren Untersuchung.«

»Nach Monaten erst?« Mama schien nun ebenfalls zunehmend wütender zu werden. Ich dagegen konzentrierte mich ganz auf meinen Vater, der auf den Boden blickte, gar nicht zu hören schien, was meine Mutter sagte, auch nicht auf ihre Wut reagierte. Er musste die

Nachricht, die er uns gleich überbringen würde, wohl selbst noch verarbeiten.

»Aggressiver Krebs. Gestreut. In die Knochen. Fast überall. Dass ich nichts gemerkt habe …« Absurd, dass sich mein Vater jetzt auch noch Vorwürfe machte, weil er sterben würde.

Knochen. Meine Mutter sank auf ihren Stuhl nieder, Finn schienen diese Worte noch wütender gemacht zu haben. Er brummte Schimpfwörter vor sich hin, während ich meinem Vater ernst ins Gesicht blickte. Sah ich da das erste Mal, seit ich ihn kannte, so etwas wie Ernsthaftigkeit, Tiefgründigkeit, Authentizität? Ich hatte nie große Probleme mit meinem Vater gehabt, wir verstanden uns im Großen und Ganzen recht gut. Aber zu keinem Zeitpunkt hatte ich das Gefühl gehabt, dass er mir gegenüber gezeigt hatte, wie er wirklich war, was genau in ihm vorging. Niemals ließ er seine Fassade fallen, die ihn und seine Familie vor Schwächen schützen sollte.

Ich war von mir selbst ein wenig erschrocken, dass ich in diesem Moment nicht die große Bestürzung empfand, die man vielleicht erwartet. Ganz anders als Finn. Wieder einmal reagierten wir völlig unterschiedlich. Selbst vor meinem Vater fühlte ich mich meist wie ein Wesen von einem anderen Stern. Dass ich sein Sohn sein sollte, wollte mir manchmal nicht so recht in den Kopf. Ihm wahrscheinlich auch nicht.

Im Esszimmer herrschte jetzt beklemmende Stille. Keiner sagte etwas. Ich stellte fest, dass ich versuchte, die Reaktionen der anderen zu analysieren, statt zu fühlen, was in mir in diesem Moment der Wahrheit vorging.

Mein Vater fühlte sich offenbar genötigt, Erklärungen abzugeben. Nun schaute er in unsere Gesichter, eins nach dem anderen, fordernd, hilfesuchend. Weder meine Mutter noch Finn erwiderten seinen Blick, nur bei mir blieb er hängen. Unwillkürlich begann ich, leicht und mitfühlend zu lächeln. Ich wusste nicht, was ich sagen sollte, hätte weinen, aber auch schreien oder lachen können. Mein Vater stirbt? Niemals. Das glaubte ich nicht, weil ich es nicht begreifen konnte – so wie er vor uns saß, äußerlich vollkommen unversehrt und gut in Form, nur ein wenig müde und blass. Es war für mich nur eine Geschichte, eine Erzählung, dass der Tod kommen sollte. Mein Vater würde sterben? Niemals.

»Sie sagen ja nicht, wie lange man noch hat.« Die Stimme von Papa klang wieder ein wenig fester und mutiger. Offenbar hatte er den Schock etwas verdauen können und wollte sich vor uns keine Blöße geben. »Aber der Doktor hat mir zu verstehen gegeben, dass ich meine Angelegenheiten regeln soll.« Mama schluchzte, konnte ihre Tränen jetzt nicht mehr zurückhalten. Finn schlug mit der Faust auf den Tisch. Ich schluckte. Angelegenheiten regeln. Das hieß übersetzt: Mein Vater sollte sich beeilen, sich um die Beerdigung und das Erbe zu kümmern, sollte sich in Windeseile mit allen Menschen versöhnen, mit denen er sich in neunundsechzig Jahren irgendwie überworfen haben konnte.

Mein Blick verschwamm. Ich konnte keinen klaren Gedanken fassen. Unruhe übermannte mich, ich musste plötzlich aufstehen. Mein Vater schaute mir nach, als ich den Raum verließ. Dabei hatte ich kein wirkliches Ziel, meine Beine sagten mir, dass sie sich bewegen wollten. Ich musste frische Luft schnappen.

Neununddreißig Jahre war ich nun alt. Hatte fast alles erlebt, was man in diesem Alter schon erleben konnte.

Alles bis auf den Tod eines nahestehenden Menschen. Neununddreißig Jahre lang hatte ich nun mit meinem Vater das Leben geteilt. Doch was wusste ich eigentlich von ihm? Was wusste ich wirklich von ihm? Er war da, er half mir bei den Schularbeiten, er brachte mich zum Sport, zu Freunden, holte mich ab, sorgte dafür, dass wir uns alles leisten konnten, was wir brauchten, schuf uns ein behütetes Zuhause, schimpfte, meckerte, erwartete etwas und manchmal lobte er sogar. Auf seine Art und Weise. Ich glaube, dass jedes Kind sich an die Art seiner Eltern gewöhnt. Eltern können noch so sonderbar sein, irgendwann hält man alles für normal. Daher war mein Vater schlichtweg mein Vater. Nichts Besonderes und eigentlich selbstverständlich. Und diese Selbstverständlichkeit sollte nun in ein paar Monaten, Wochen, Tagen vorbei sein? Unmöglich.

Langsam und mit hängendem Kopf ging ich in den Garten. Tränen wollten sich an die Luft kämpfen, doch irgendetwas in mir schien sie unterdrücken zu wollen. Ein innerer Kampf begann: Wie sollte ich reagieren? Weinen? Schreien? Davonlaufen? Versuchen, meinen Vater zu trösten?

Es war wieder heiß an diesem Nachmittag, kein Wind kühlte und keine Wolke bremste die hochsommerlichen Sonnenstrahlen, die auf den Garten schienen. Wir hatten einen traumhaften Garten. Groß, grün, mit alten Bäumen. Sogar unser Kinderbaumhaus gab es noch, ein wenig verfallen. Die Laubbäume trugen sattgrüne Blätter. Meine Eltern beschäftigten sich momentan, so wie jedes Jahr zu dieser Zeit, fast täglich mit Unkrautjäten und Blumenpflanzen. Ich dachte mir, als mein Blick durch den Garten schweifte, dass unser Rasen wie jedes

Jahr dauerhaft feucht war, Tag und Nacht. Das Sonnenlicht schaffte es wegen der großen Bäume fast nirgends auf die Halme und so setzte sich Stück für Stück das Moos gegen die Grashalme durch. Jedes Jahr ein wenig mehr. Und wie jedes Jahr würde mein Vater den Rasen vertikutieren und das Moos vernichten wollen. Doch im nächsten Frühling nicht mehr. Und auch die Jahre danach nicht mehr.

5. Kapitel

Mit mir hat er nie darüber geredet. Mein Vater hat den Umstand, dass er offenbar sehr intelligent war, nie zum Thema gemacht. Mir ist zu Hause im Alltag auch gar nichts aufgefallen. Er war herzlich, streng, launisch, albern, wie viele andere Väter wohl auch. Er redete mit uns über spannende Geschichten, hatte besondere Interessen und dann wieder einige Themen, die ihn überhaupt nicht interessierten und mit denen er sich auch nicht auskannte. Zum Beispiel Pflanzen und Blumen. Jedes Mal mussten wir alle lachen, wenn Papa im Urlaub irgendein Gewächs bestimmen sollte, aber bloß anfing zu stottern und dann irgendwann erfolglos die Analyse abbrach. Er konnte richtig sinnlosen Kram machen, war alles andere als ein Freak, der schüchtern vor seinem Computer oder anderen Geräten saß. Nein, für mich schien er ganz normal. Einzig und allein seine Angestrengtheit fiel auf. Immer und immer wieder schien ihn der Alltag müde zu machen, zu zermürben, und der Umgang mit anderen Menschen außerhalb unserer Familie schien zumeist eine Qual für ihn zu sein. Er schlief zu Hause außerordentlich gerne und am Wochenende immer lang. Ich glaube, dass es daran lag, dass er sich im Schlaf einfach wohlfühlte, weil er die hiesige Welt nicht mitbekam. Vielleicht lebte er dann in einer anderen Welt, die er genoss. Weil er in diesen Stunden eine Auszeit von der täglichen Anstrengung hatte. Als Kind verstand ich aber nicht, warum er immer so angestrengt war.

Meine Mutter war die Einzige, die seine Intelligenz hin und wieder zum Thema machte. Eigentlich nie vor uns Kindern, doch einmal erzählte sie Moritz und mir – wir waren noch sehr klein und die Traurigkeit meines Vaters war an jenem Tag selbst für uns nicht auszublenden –, dass sie meinen Vater regelrecht dazu gezwungen hatte, einen IQ-Test zu machen. Um endlich einmal Antworten zu haben. Das Ergebnis sei für beide erschreckend gewesen. So fern von der Normalität, dass sich meine Mutter gar nicht mehr wunderte, dass sich mein Vater wie ein Außerirdischer fühlte. Das Schwierige an der Sache war aber, dass er abgesehen davon ganz normal war. Dass er keine sogenannte Inselbegabung hatte, dass er kein Freak war, kein Außenseiter. Er schien ein ganz normal sozialisierter Mensch zu sein. Und so fiel seine Hochbegabung niemals auf. In der Schule soll er ein Clown gewesen sein. Vielleicht hatte er seine geistige Überlegenheit gegenüber seinen Mitschülern damit verstecken wollen. Als Jugendlicher soll er viel Alkohol getrunken haben, wahrscheinlich damit es erträglicher und weniger anstrengend wurde, in der Welt der anderen zu leben. Später suchte er andere Wege, um seine ganz eigene Welt zu verstehen. Ich weiß nicht, ob er es jemals geschafft hat. Ich weiß nur, dass er am Ende mit sich im Reinen war, zumindest so, dass er über sich lachen konnte.

6. Kapitel

Ich finde es immer wieder unglaublich, wie die Menschen ihrem Egoismus in vielen alltäglichen Lebenslagen freien Lauf lassen. Jeder sieht sich als Zentrum des Universums und läuft dabei Gefahr zu vergessen, dass das Universum Hunderte, Tausende, Millionen von Zentren hat. Mein Vater hätte in diesen Minuten das Zentrum des Universums sein sollen und nicht ich. Doch ich fühlte mich so, als hätte ich selbst gerade die Diagnose bekommen, und zerfloss in Selbstmitleid. Minutenlang redete ich mir meine Reaktion schön. Ich brauchte jetzt erst einmal Zeit für mich. Schließlich musste ich die Nachricht zunächst verarbeiten. Und ich vergaß, dass mein Vater dort drinnen saß, allein, mit einer Frau und einem Sohn, die ihm eher Vorwürfe machten, als dass sie ihn trösteten.

Nachdem ich im Garten genug frische Luft geatmet und mein Selbstmitleid ausgekostet hatte, kehrte ich ins Esszimmer zurück, wo alle noch am selben Platz saßen. Keiner sagte etwas. Nur mein Vater sah mich an. Nachdem ich mich mit einem lauten Stöhnen wieder auf meinen Stuhl gesetzt hatte, sprang meine Mutter auf, versuchte, vor uns ihre Tränen zu verbergen, und rannte, ohne meinen Vater eines Blickes zu würdigen, nach oben ins Schlafzimmer, um hinter verschlossener Tür, aber bei uns unten im Esszimmer deutlich hörbar, hemmungslos zu weinen. Mein Bruder Finn schlug noch einmal kräftig mit der Faust auf den Tisch, murmelte im Aufstehen ein: »Tut mir leid, Papa«, und ließ die Haustür laut hinter sich ins Schloss fallen. Dann hörten wir draußen die Reifen seines Audis quietschen.

Mein Vater und ich blieben allein zurück. Stumm, leer, kopflos. Ich saß am Esstisch und studierte die Maserung der Tischplatte. Mein Vater schaute aus dem Fenster in den Garten und schien nichts wahrzunehmen. Sah nicht die Eichhörnchen, die sich jagten, hörte nicht, wie die Vögel mit ihrem Gesang langsam den Abend einläuteten. Ich wollte nichts sagen, konnte nichts sagen, hatte das Gefühl, dass auch mein Vater kein weiteres Gespräch führen wollte. Ich hatte ohnehin nicht die geringste Ahnung, welche Worte jetzt angebracht wären. Mir wurde klar, dass ich absolut keinerlei Vorstellung davon hatte, wie ich mit den Gefühlen meines Vaters umgehen sollte. Mir fiel in diesem Moment noch nicht einmal eine Situation ein, in der ich derjenige gewesen war, der meinen Vater hatte trösten oder aufbauen müssen. Die Rollen waren bisher immer klar gewesen: Mein Vater war der Starke, der Beschützer, der Wellenbrecher. Ich konnte mich nicht erinnern, dass jemand einmal nach dem Befinden meines Vaters gefragt hatte. Selbst bei meiner Mutter hatte ich das Gefühl, dass sie sich hinter den großen Schutzwall, den mein Vater darstellte, zurückgezogen hatte. Keiner von uns hatte sich vorstellen können, dass dieser Wall zum Schwachpunkt werden und unser Familienkonstrukt auf diese Art und Weise zusammenbrechen könnte.

Irgendwann konnte ich die Stille nicht mehr ertragen, wusste nicht mal mehr, wie lange ich mit meinem Vater schon so am Tisch saß. Manchmal war von oben das Schluchzen meiner Mutter zu hören und ein tiefes Ausatmen meines Vaters, der immer noch aus dem Fenster starrte. Wieder beschlich mich das Gefühl, aufstehen und mich bewegen zu müssen, ich konnte diese Starre nicht aushalten. Ich musste nun allein sein, musste hier raus. Ich stand auf, ging langsam an meinem Vater vorbei, streichelte ihm mit einer Hand die Schulter und sagte: »Es tut mir so leid, Papa. Ich gehe dann jetzt.« Kein: Wenn ich etwas für dich tun kann, sag Bescheid. Oder: Ich steh dir bei. Einfach: Ich gehe dann jetzt. Mein Vater schaute mich kurz an, traurig, ängstlich wie ein kleines Kind, hilfsbedürftig, und nickte. Noch nie hatte ich einen derartigen Blick bei ihm gesehen und niemals werde ich diesen Blick vergessen. Tagelang würde mich diese Szene noch verfolgen. Obwohl ich in diesem Blick die reine Not sah, die Bedürftigkeit, die Suche nach Hilfe, ging ich.

Gleich nachdem ich das Haus verlassen hatte, überkam mich eine unwiderstehliche Übelkeit. Mir war so schlecht, dass ich Schwierigkeiten hatte, Luft zu holen, und mein schlechtes Gewissen ließ meinen Magen zu Stein werden und machte mich schwer wie Blei. Wie konnte ich meinen Vater jetzt so alleinlassen? Doch trotz des schlechten Gewissens und des Bewusstseins, dass es falsch war, ging ich. Ich ging zu meinem Auto, das ich ein wenig abseits geparkt hatte. So wie fast jedes Mal, wenn ich nach Poppenbüttel kam, denn ich wollte nicht den Spott der Familie über mein sonderbares Auto provozieren. Wäre ich mit meinem alten Porsche 924 –

brauner Lack, hellbeige Polster – auf dem Hof vorgefahren, hätte ich mich wahrscheinlich wieder mehr als eine Stunde dafür rechtfertigen müssen: Ich wolle ja nur angeben, mir fehle der Sinn für das Dezente, ich wolle mir wohl irgendetwas beweisen und ich sei wirklich, ja wirklich der Einzige in der Familie, der auch nur auf die Idee kommen würde, so ein Auto zu fahren. VW, Audi, maximal Volvo. Das war's. Mehr ging nicht. Kein Problem, aber ich wollte nun mal einen Porsche 924 haben. In Braun. Mit hellbeigen Polstern. Das Auto war mein Ein und Alles, es war mehr als nur eine Maschine, es begleitete mich durch alle Hochs und Tiefs, durch diverse Lebensphasen. Ich hatte mir das Geld für den Porsche jahrelang zusammengespart. Als es dann mit fünfundzwanzig so weit war, ging für mich ein Traum in Erfüllung. Diese Kurven, dieser Motor, dieses Fahrgefühl. Es war *mein* Auto. Meins ganz allein. Stunden verbrachte ich mit dem Motor, wälzte Fachzeitschriften und Schrauber-Magazine. Auch wenn ich handwerklich recht unbegabt war, machte es mir Spaß, selbst Hand an ihn zu legen. Ich nannte ihn Oscar. Und Oscar war ein Reizthema in meiner Familie.

Aber ich war es leid, mich für meine angeblichen Eskapaden zu rechtfertigen. Und daher entzog ich Oscar dem Blick der Familie, um der Diskussion aus dem Weg zu gehen. Und mich zu schonen.

Zügig ging ich auf mein Auto zu. Ich wollte nur weg. Mit jedem Schritt wurde ich schneller. Ich konnte diese Gegend jetzt nicht ertragen. Diese Idylle der Einfamilienhaussiedlung, die Stille, die Vorgärten, die Daimler, die hier überall rumstanden, und die geschnittenen Hecken. Was bringt einem dieses wunderschöne, friedliche Vorstadtleben, wenn man trotzdem so früh stirbt! Dann hat man für diese Statussymbole so lange gearbeitet, dass man sie am Ende gar nicht mehr genießen kann. Ich stieg in den 924er, drehte die Musik auf und fuhr los. Schnell in die Stadt, schnell weg vom Elend meines Vaters. Und dann, als ich am Ohlsdorfer Bahnhof vorbeikam, als die Häuser wieder höher und der Verkehr stärker wurden, da änderte sich mein Gefühl. Aus Fluchtinstinkt und Wut wurde Scham. Und Sehnsucht. In diesem Moment, mit diesem Gefühl, fällte ich einen Entschluss, der mein ganzes Leben verändern würde. Der meiner Suche nach der Wahrheit meiner Existenz und meines Selbsthasses schlagartig eine neue Richtung geben würde. Ich sagte zu mir selbst: *Okay. Das war jetzt wirklich keine schöne Sache. Ich habe meinen Vater einfach alleingelassen. Aber ab jetzt, ab sofort, werde ich jede Minute, jede mögliche Sekunde nutzen, um meinem Vater nah zu sein. Ich werde die restliche Zeit nutzen, um ihn kennenzulernen. Ihn wirklich kennenzulernen. Nicht als Vater, nicht als Beschützer, sondern als Mensch.* Ich wollte wissen, wer hinter diesem neunundsechzig Jahre alten, etwas rundlichen Mann mit dem sympathischen, mit Lachfalten gesäumten und leicht gebräunten Gesicht, den braunen Augen und den silberschimmernden grauen vollen Haaren steckte. Ich wollte wissen, was in den interessanten und tiefgründigen Augen zu sehen war, wenn man genau hinschaute. Wer hinter den Sprüchen steckte, hinter der hektischen, rastlosen Art, hinter dem teilweise stundenlangen stillen Grübeln, hinter dem Maschinenbauingenieur, der bescheiden und diszipliniert Tag für Tag, Jahr für Jahr immer in dasselbe Büro gegangen war, bis er dann nach dreißig Jahren in die Rente verabschiedet wurde. Der sich liebevoll um meine Mutter kümmerte, sich nicht selten von ihr anmeckern ließ, weil er ihrer Meinung nach mal wieder alles falsch gemacht hatte. Der sich niemals hinter die Fassade gucken ließ. Der aufbrausend sein konnte, manchmal unkontrolliert, aber immer mit großem Herzen agierte. Der keine wirklichen Freunde hatte und – bei dieser Sache war er mir dann ausnahmsweise einmal sehr ähnlich – manchmal so anmutete wie ein Steppenwolf, der sich in der Gemeinschaft nicht wohlfühlte. Ich wollte den Menschen Bernd kennenlernen. Mit all seinen Geschichten.

Ich fuhr nach Hause, musste mich bei Lissy ausheulen. Musste meinen ganzen Ballast bei ihr loswerden, in ihren Arm fallen. Hier – und nicht nur hier – war ich wieder das komplette Gegenteil meines Vaters: Ich musste meine Gefühle sofort jemandem offenbaren, dem ich vertraute, konnte es nicht aushalten, mit mir, mit meinen Sorgen, Ängsten, Emotionen allein zu sein. Brauchte ein Ventil. Und nicht zum ersten Mal musste Lissy dafür herhalten. Ich öffnete die Wohnungstür und schlich ins Wohnzimmer. Lissy lag auf der Couch, in Jogginghose und Kapuzenpulli, mit einer Tasse Tee in der Hand, die braunen Haare locker zum Zopf gebunden, und sah fern. Maja musste beim Sport sein, Moritz war wohl beim Nachbarsjungen spielen. Gedankenverloren und natürlich nicht ahnend, was sich soeben bei meinen Eltern ereignet hatte, fragte sie, ohne den Blick vom Fernseher abzuwenden: »Und? Wie war es bei deinen Eltern?« Als ich auch nach ein paar Sekunden noch nicht geantwortet hatte, wandte sie sich irritiert zu mir um – und sah mein blasses Gesicht, meine leeren, geröteten Augen. Sofort veränderten sich ihre Gesichtszüge, sie wurde ernst und besorgt. Sie stand auf, kam zu mir herüber und versuchte, mich in den Arm zu nehmen, doch ich wehrte zunächst ab.

»Alles in Ordnung.« Ich drehte mich weg und ging in die Küche.

»Alles in Ordnung? Willst du mich verarschen?« Sie kam hinter mir her und nahm mich von hinten in den Arm. Da brach es aus mir heraus. Ich fing hemmungslos an zu weinen und erzählte ihr, was geschehen war. Erzählte von der Diagnose, von meiner Angst, von meiner Wut und meiner Scham. Sie streichelte mich, sah mich sorgenvoll an. Meine Eltern und vor allem mein Vater verstanden sich außerordentlich gut mit Lissy. Daher muss es für sie ein fast ebenso großer Schock gewesen sein wie für mich. Doch sie hielt sich zurück, war sich bewusst, dass sie jetzt eben nicht das Zentrum des Universums war, und ließ mich reden, ohne sich aufdrängen zu wollen. Als ich mich ein wenig beruhigt hatte, erzählte ich von meinem Entschluss, ab sofort Zeit mit meinem Vater zu verbringen. Sie hörte zu, ohne Regung, mit offenen, liebevollen Augen, streichelte abwechselnd meine Hand und dann meinen Arm. Sie war für mich da, wie ich kurz zuvor für meinen Vater hätte da sein müssen. Doch mein Vater saß wahrscheinlich immer noch allein am Tisch im Esszimmer, ohne liebevolle Augen und ohne jemanden, der ihm zuhörte. In diesem Moment liebte ich Lissy ganz besonders. Auf der anderen Seite machte sie mir mit ihrer Reaktion auch bewusst, wie wenig einfühlsam meine und die Reaktion meiner Familie gewesen war.

Wenig später fragte sie mich, ob ich schon konkrete Vorstellungen hätte, was ich mit meinem Vater unternehmen wollte. Wie ich das genau meinte – Zeit miteinander verbringen. Ob ich das zeitlich schaffen würde. Und ob ich mir sicher war, dass ich das wirklich wollte. Ich musste lachen, weil es sicherlich keinen in unserem Umfeld gab, der weniger zu tun hatte als ich. Zeitlich würde es also kein Problem sein. Ob ich es wirklich aus tiefstem Herzen wollte, konnte ich nicht mit Sicherheit sagen. Vielleicht war es nur das schlechte Gewissen, vielleicht aber doch der echte Wunsch, meinen Vater nun zu begleiten. Diese Frage würde ich wohl erst im Nachhinein beantworten können.

»Keine Ahnung«, antwortete ich. »Ich weiß ja noch nicht einmal, ob er es überhaupt will. Ich weiß überhaupt nicht, wie mein Vater mit derartigen Situationen umgeht.«

»Mit derartigen Situationen? Du meinst, wenn man dem Tod ins Auge blickt?« Das saß. Sie hatte ja recht. Solche Situation gibt es sicherlich nur einmal im Leben. Und ich versuchte, es wieder irgendwie zu relativieren, indem ich diese Situation als eine von vielen einordnete.

Ich nickte resigniert. »Ja, ich habe keine Ahnung. Ich weiß auch nicht, was Mama macht. Oder ob Finn durchdreht.«

Finn. Mein kleiner Bruder. Er war sechs Jahre jünger als ich. Offenbar hatten meine Eltern nach meiner Geburt etwas Zeit für ein zweites Kind gebraucht. Zwischen uns war ein Altersabstand, der es uns zu Beginn nicht leicht machte, uns gut zu verstehen. Ich wollte schon Große-Jungs-Sachen spielen und er war noch ein kleines Baby. Das war oft schwierig. Zudem wollten meine Eltern, dass ich ab und zu auf ihn aufpasste. Doch das funktionierte nicht, weil ich derjenige war, der, sobald wir allein waren, panische Angst bekam, dass meine Eltern nie mehr zurückkämen und wir für immer allein bleiben würden. Finn brachte gute Noten nach Hause, eckte selten an, hatte keine sonderlich verrückten Ideen. Finn konnte gut mit Geld umgehen, war sparsam, hatte alles in der richtigen Reihenfolge gemacht: Schule, Studium, Angestellten-Job, Mädchen, Karriere. Er übernahm zuerst den VW-Golf meiner Eltern, kaufte sich später einen Audi, den er bis heute fährt. Statt Rucksackreisen nach Thailand und Kambodscha zu machen, so wie ich es gerne tat, zeltete Finn im Urlaub an der Ostsee. Er wirkte trotz seiner erst dreiunddreißig Jahre deutlich reifer als ich. Mich nervte das Gefühl, unvernünftiger und – hier war es wieder – anders zu sein.

Finn trug mit Vorliebe Hemden. In allen Ausfertigungen und Farben. Dazu unscheinbare Jeans. Nichts Besonderes, aber immer stilvoll, niemals machte er gewagte Mode-Experimente. Er war ein wenig größer als ich und ich erinnere mich noch gut daran, dass er einmal neckend zu mir sagte, es sei wissenschaftlich bewiesen, dass große Männer beruflich erfolgreicher sind als kleine Männer. Er lachte, aber mich ärgerte es gewaltig. Weil es in unserem Fall ja stimmte. Er, der tolle Marketing-Fuzzi, ich, der berufliche Versager und erfolglose Schriftsteller. Er war sehr dünn, fast drahtig. Das war etwas, was ich ihm voraushatte: Ich hatte einen deutlich athletischeren Körper als er. Im Sprinten gewann ich immer, im Ausdauerlauf er. Beim Bankdrücken schlug ich ihn um Längen, beim Fahrradfahren kam ich deutlich schneller außer Atem als er.

Später verstanden wir uns besser. Und eigentlich war er stets der kühle Kopf, der lange Vor- und Nachteile abwog, der analysierte und gut mit den Menschen umgehen konnte. Doch seine Reaktion auf Papas Nachricht am heutigen Tage war noch schlimmer gewesen als meine. Viel unberechenbarer und unverständlicher. Daher hatte ich keine Ahnung, wie er mit Papas Krankheit umgehen würde.

7. Kapitel

Wahrscheinlich ist es normal, dass man sich derartig komisch findet und wenig leiden kann, wenn man all das erlebt hat, was ich erlebt habe. Kein Mensch außer Lissy kannte meine ganze Geschichte, niemandem wollte ich sie auf die Nase binden. Ich befürchtete, dass selbst enge Freunde oder Verwandte nicht darauf vorbereitet waren zu hören, was ich in meinem Leben schon alles falsch gemacht hatte. Sie hätten sicher nicht gewusst, wie sie damit umgehen sollten. Auf jeden Fall war ich der festen Überzeugung, nichts richtig zu machen. Selbst meinen Kindern glaubte ich kein guter Vater zu sein. Zwar konnte ich aufrichtig sagen, dass ich sie lieb hatte und alles für sie getan hätte. Doch hatte ich selten Lust, mit ihnen zu spielen, grübelte lieber vor mich hin, war meist froh, wenn sie abends im Bett lagen.

Aber bei dieser Sache wollte ich ausnahmsweise einmal alles richtig machen. Ich wollte bei ihm sein. Bei meinem Vater, in den letzten Wochen seines Lebens. Wann immer er wollte und mich brauchte. Mein Zeitplan ließ es schließlich zu. Ich war ein erfolgloser, talentfreier Schriftsteller, der sich ab und zu mit Ghostwriter-Aufträgen über Wasser hielt, vor Kurzem seinen letzten Auftrag abgeschlossen hatte und in seinem aktuellen Roman, der im nächsten Jahr in einem kleinen Independent-Verlag erscheinen sollte, feststeckte. Für das Manuskript hatte ich sogar fünftausend Euro im Voraus bekommen, so viel wie noch nie. Es hätte ein Ansporn sein müssen, aber was sollte ich machen? Ich kam schlichtweg nicht weiter. Aber das sollte wohl so sein, hatte einen Grund: Jetzt konnte ich für meinen Vater da sein. Ihn kennenlernen und ihn unterstützen.

Gleich am nächsten Tag fuhr ich mit Lissy zu meinen Eltern, um ihnen von meinem Vorhaben zu erzählen. Ich hatte mich nicht mehr bei ihnen gemeldet, wollte und musste die Nachricht für mich verarbeiten. Am Abend hatten Lissy und ich noch weiter über meinen Vater und meine Idee gesprochen. Wir hatten schließlich, nach der zweiten Flasche Rotwein, weit ausgeholt. Was das Leben ausmacht, was eigentlich hinter allem steht, wofür das alles gut ist. Ich liebte es, mit Lissy so zu reden. Auch wenn wir nie zu einem Ergebnis kamen, fühlte ich mich in diesen Momenten zumindest ansatzweise jemandem zugehörig, von jemandem verstanden.

Nun war Samstag und ich vermutete, dass meine Eltern zu Hause sein würden. Nach einem solchen Schock wurde mein Vater sicherlich versuchen, so zu tun, als wäre nichts passiert. Er würde Normalität vorspielen, allen sagen, dass sich schon alles regeln würde. So wie immer. Für den Tagesablauf an einem Samstag hieß das: spät aufstehen, joggen, Brötchen holen, mit Mama frühstücken, danach am Haus werkeln, Zeitung lesen, einkaufen fahren, vielleicht an der Bültenkoppel beim SC Poppenbüttel vorbeischauen, Fußball gucken. Doch ich irrte mich. Nichts war an diesem Tag in meinem Elternhaus normal.

Als wir bei meinen Eltern ankamen, saß mein Vater in seinen Klamotten von gestern im Sessel im Wohnzimmer. Er war kreidebleich, hatte tiefrote Augen, verwuschelte Haare und Bartstoppeln im Gesicht. Meine Mutter war weit und breit nicht zu sehen.

»Papa?« Ich stellte mich nah vor ihn, hatte nicht das Gefühl, dass er mich sonst bemerken würde. Er saß da wie in Trance, reagierte gar nicht.

»Hallo, Bernd«, sagte Lissy. Nachdem mein Vater auch auf ihren Gruß nicht reagierte, machte sie sich im Haus auf die Suche nach meiner Mutter. Um sie machte sich Lissy fast genauso viele Sorgen wie um meinen Vater. Doch Mama war offenbar nicht da.

»Papa. Jetzt sag doch etwas.« Er schaute nun auf, rieb sich die Augen und schmatzte ein-, zweimal mit dem Mund.

»Ben, mein Junge. Schön, dass du da bist.«

»Lissy ist auch mitgekommen. Ist Mama nicht da?« Er schüttelte den Kopf. »Nein, sie ist bei Hilde und weint sich aus. Sie hat es hier wohl nicht mehr ertragen.«

»Hast du etwa nicht geschlafen?«

»Doch, doch, ein wenig, hier im Sessel.«

»Warum warst du nicht im Bett?«

»Mama war ziemlich aufgeregt, weißt du?« Wut stieg in mir auf. Das konnte ich nicht glauben. Mein Vater hatte seine Todesdiagnose erhalten und meine Mutter drehte sich nur um sich selbst? Was dachte sie sich dabei, zu ihrer Freundin Hilde zu fahren, statt bei ihm zu bleiben? Das konnte nicht ihr Ernst sein! Ein Partner muss dem anderen doch beistehen. In guten wie in schlechten Tagen! Ich nahm mir vor, ihr später gründlich den Kopf zu waschen. Ich wollte sie fragen, wie sie Papa in dieser Situation so alleinlassen konnte. Einsamkeit ist das schlimmste aller Gefühle. Wer einsam ist, ist verloren. Wer sich nicht einsam fühlt, braucht eigentlich nichts und niemanden auf der Welt zu fürchten. Ich hielt inne und versuchte, meine Wut herunterzuschlucken. Papa. Es geht um Papa. Nicht um Mama und nicht um mich. Und nicht um meine Einsamkeit.

»Papa, ich dachte, du hättest so wie jeden Samstag Brötchen geholt und wir könnten gemeinsam schön frühstücken.«

»Nee, bin ich nicht zu gekommen.«

»Macht nichts, Papa, ich gehe kurz los.«

Lissy war zwischenzeitlich wieder zu uns gestoßen und sagte: »Ich hole Brötchen. Der Bäcker ist doch direkt um die Ecke.« Ich nickte und lächelte sie gleichermaßen dankbar wie gequält an. Ich liebte sie dafür, dass sie immer einen Schritt vorausdachte, antizipierte. Sie lächelte zurück und auch mein Vater warf ihr sein wohl liebevollstes derzeit mögliches Lächeln zu.

Nachdem sie gegangen war, setzte ich mich auf die Couch und blätterte in einer Zeitung. Sie war von gestern. Die Politik plante eine Digitalsteuer. Die Regierung hatte offenbar endlich genug davon, dass große Internetkonzerne hierzulande Geschäfte machten, ohne Steuern zu zahlen. Sofort ging das Karussell in meinem Kopf los: *Ach, was die nicht sagen. Kommen die jetzt nach Jahren auch mal auf die Idee? Aber keine Sorge, die Konzerne finden eh wieder ein Schlupfloch. Oder die Lobby wird im letzten Moment eine Entschärfung der Steuer durchsetzen. Oder es mangelt an einem gesamteuropäischen Willen.* Doch dann unterbrach ich mich selbst: *Puh, Ben. Willst wohl mal wieder ablenken? Warum bist du noch gleich hergekommen? Wegen der Weltpolitik? Nein, es ging um deinen Vater. Und um dich. Um euch beide. Vergiss die blöden Internetkonzerne und konzentriere dich darauf, was wirklich wichtig ist.*

Schweigend saßen wir eine Zeit lang nebeneinander. Ich sah ihn an, er sah zum Fenster hinaus. Niemals wäre ich bisher auf die Idee gekommen, ihm im Haushalt eine Anweisung oder einen Rat zu erteilen, aber seit gestern spürte ich, dass er Hilfe brauchte. Ab sofort in allen Lebenslagen.

»Papa, willst du dich nicht lieber erst einmal frisch machen? Und dann frühstücken wir mit Lissy?« Er schaute mich mit traurigen Augen an, fast schon dankbar, dass ihn zumindest einer in seiner Verwirrung daran erinnerte, wie das normale Leben funktionierte. Ich hatte mir vorgenommen, sobald wie möglich mit seinem Arzt zu sprechen. Unwissenheit macht Angst. Und Angst ist der schlechteste Ratgeber in einer solchen Situation. Daher galt es, sich zunächst aufklären zu lassen, um zu erfahren, wie der genaue Stand war. Ich redete mir ein, dass sich mein Vater vielleicht nicht eindeutig erinnerte, was der Onkologe ihm gesagt hatte. Vielleicht gab es noch Hoffnung, vielleicht wäre eine Strahlenbehandlung sinnvoll. Oder eine Chemotherapie. Stand nicht letztens in der Zeitung, dass die Medizin endlich ein Mittel gegen Prostatakrebs gefunden hatte? Lissy wollte mich begleiten. Und ich war ihr extrem dankbar. Ich hätte mir nicht zugetraut, allein mit den Ärzten zu sprechen. Zumal ich eh ein gespaltenes Verhältnis zu diesem Berufsstand hatte. Ich fand sie oftmals überheblich und manchmal glaubte ich schlichtweg nicht, dass die Schulmedizin die richtigen Antworten hatte, da sie meiner Meinung nach immer nur Bruchstücke betrachtete.

Mein Vater stand auf und schlurfte nach oben ins Badezimmer. Ich folgte ihm langsam und unauffällig zumindest so weit die Treppe hinauf, dass ich mir sicher sein konnte, dass im Bad das Wasser lief. Da hörte ich den Schlüssel in der Tür und gleich darauf rief Lissy fröhlich: »Ich habe leckere Butter-Croissants und einen ganzen Packen ungesunder, dicker Brötchen!« Keinesfalls wollte sie in diesem Haus schlechte Laune und Depression einziehen lassen. Damit konnte sie nichts anfangen. Auch wann immer ich niedergeschlagen und depressiv war, hatte sie damit schwer zu kämpfen. Sie war der Überzeugung, dass es immer irgendwie weiterging, und begriff nicht, wie Menschen den Kopf in den Sand stecken konnten. Vielleicht brauchte sie aber auch diese Art, um nicht selbst ins Grübeln zu verfallen. »Ich mache erst mal Kaffee«, fuhr sie fort und verschwand in der Küche. Ich ging ihr hinterher, um den Tisch zu decken. Offenbar vom leckeren Duft angelockt, kam mein Vater gleich darauf frisch gewaschen und gekämmt herunter, und plötzlich sah er gar nicht mehr so krank aus.

»Hallo, Bernd. Na, sag mal. Du machst Sachen.« Lissy nahm ihn in den Arm und drückte ihn zart an sich. Dabei sah ich ihr an, dass sie mit den Tränen kämpfte.

»Hallo, Lissy, tja, habe ich mir nicht ausgesucht. Aber, sag einmal, was riecht hier denn so lecker?« Durch ihre Fröhlichkeit hatten sich seine und auch meine Laune gehoben und wieder einmal schaute ich meine Frau gleichermaßen bewundernd wie dankbar an. Ohne sie hätte ich es niemals geschafft, diesen Knoten der Sprachlosigkeit zu zerschlagen.

Ich wusste nicht, wo Finn war. Ich hatte mehrmals versucht, ihn anzurufen, denn eigentlich hatte ich ihn in meinen Plan und meinen Wunsch, die nächste Zeit mit unserem Vater zu verbringen, einbinden wollen. Doch sein Handy war ausgeschaltet, ich erreichte nur seine Mailbox und er rief nicht zurück. Ich war mir sicher, dass Finn das alles nicht wahrhaben wollte und versuchte, vor der Krankheit unseres Vaters wegzulaufen. Konnte es vielleicht sein, dass diesmal ich derjenige war, der sich wie ein Erwachsener verhielt und nicht vor den Problemen davonlief? Auf jeden Fall stellte Finn sich tot, meine Mutter war nicht da und so war ich allein mit meinem Vater, um mein Vorhaben zu besprechen.

Er hatte sogar recht großen Appetit, verdrückte mehrere Croissants und sah danach sehr zufrieden aus. Ich dagegen konnte erst mal nur Kaffee trinken. Ich wollte mich zwingen, einen Bissen von einem Brötchen zu nehmen, doch ich war viel zu aufgeregt, als dass ich hier jetzt genüsslich frühstücken konnte. Wie würde mein Vater reagieren? Noch niemals war ich bisher so intim, so eng mit ihm zusammen gewesen, wie ich es jetzt für die nächsten Tage plante. Wir hatten niemals einen Zwei-Mann-Trip oder ein Vater-Sohn-Wochenende unternommen. Ich glaube sogar, noch nicht einmal einen Vater-Sohn-Tag mit ihm verbracht zu haben. Wenn wir Ausflüge machten, dann waren wir immer alle zusammen.

Vielleicht hatte er gar keine Lust auf meinen Trip, vielleicht würde er mich sogar von sich stoßen, weil er in diesen Momenten alles andere als meine Anwesenheit brauchte. Vielleicht hätte er sich eher gewünscht, das alles mit Finn zu machen als mit mir? Vielleicht konnte er mich gar nicht so sehr leiden, dass er jetzt seine letzte

Zeit mit mir vergeuden wollte. Da war er wieder. Der Selbstzweifel, der mich stets durchzog. Aber mein Entschluss stand fest, also Augen zu und durch. Ich nahm meinen ganzen Mut zusammen und sprach es offen aus.

»Papa, ich würde in den nächsten Wochen gerne etwas Zeit mit dir verbringen.« Er schaute mich fragend, aber sichtbar neugierig an.

»Zeit verbringen?«, fragte er und schaute zu Lissy. Meine Frau ermutigte mich mit einem Lächeln, hielt sich aber ansonsten heraus.

»Ja, Zeit verbringen. Ich habe viel Zeit, wie du weißt.« Noch während ich den Satz aussprach, dachte ich, dass ich mir das besser hätte verkneifen sollen. Schließlich war genau das immer eines der Reizthemen, wenn ich bei meinen Eltern war. Ich und mein inkonstanter Lebenswandel: Warum ich nicht mal bei einer Arbeitsstelle bleiben konnte, einen normalen Bürojob haben, warum ich nicht einmal etwas durchhalten konnte, warum ich immer so schnell aufgab. Wie hatte ich mich anfangs gegen diese immer gleichlautenden Vorwürfe wehren wollen. Irgendwann hatte ich es aufgegeben und nahm es nur noch zur Kenntnis. Schnell versuchte ich, den Satz vergessen zu machen. »Und mir ist es jetzt eben sehr wichtig, mit dir zusammen zu sein. Wichtiger als alles andere. Ich unterbreche sogar die Arbeit an meinem Buch.« Die Arbeit an meinem Buch. Wieder so ein Stichwort. Offenbar konnte ich es nicht lassen. Und ich fühlte mich wie ein Heuchler, als ich dieses Vorhaben wie eine Opfergabe anpries. Erstens war es nicht so, dass die ganze Welt auf meinen neuen Roman wartete, und zweitens war ich ganz froh, eine Zeit lang nicht mehr jeden Tag zuallererst an mein Buch denken zu müssen.

»Na klar, Junge. Gerne.«

Gerne? Das hatte ich nicht erwartet. Keine Kommentare zu meinen unüberlegten Reizsätzen? Kein Zaudern? Keine Frage, ob Finn auch mitkäme? Er biss in sein Brötchen und fuhr dann mit vollem Mund fort: »Und was willst du machen?« Das klang in meinen Ohren etwas fordernd. Und gleich spürte ich schon wieder mein Unbehagen. Würde das wirklich gut gehen? Würden wir uns – Krankheit hin oder her – nicht auf die Nerven gehen? Vielleicht sogar gleich am ersten Tag? Aber die Frage war ja berechtigt. Was wollte ich eigentlich machen? Stundenlang hatte ich mit Lissy am Abend herumdiskutiert, was wir miteinander machen könnten, aber zu einer Entscheidung war ich letztendlich nicht mehr fähig gewesen.

Spontan sagte ich: »Ich weiß gar nichts von dir, Papa. Gar nichts! Warum zeigst du mir nicht deine Kindheit, deine Jugend?« Er schaute interessiert, aber ein wenig irritiert, offenbar verstand er nicht, was ich meinte. Ich fügte hinzu: »Was hältst du von Berlin?« Ich wusste nur, dass mein Vater in Berlin geboren, irgendwann nach Hamburg gezogen war und dort meine Mutter kennengelernt hatte. Ich kannte nur ganz wenige Geschichten aus Westberlin, aus seiner Kindheit direkt an der Mauer. Ich war noch nie mit ihm da gewesen. Überhaupt vermied es mein Vater, über Berlin zu sprechen. Seine Eltern, die bis zuletzt dort wohnten, hatte er nur noch selten gesehen. Und wenn er doch über Berlin sprach, dann nur über Äußerlichkeiten, über Häuser, die Gegend, die Mauer, niemals über Dinge, die über ihn als Person, als Kind etwas aussagten.

»Berlin?« Seine Augen weiteten sich. Damit hatte er offenbar nicht gerechnet. Ich war mir unsicher, ob Entsetzen oder Vorfreude aus seinem Gesicht sprach. Auf jeden Fall löste mein Vorhaben etwas in ihm aus.

»Ja, Berlin. Zeig mir Kreuzberg, zeig mir die Orte deiner Kindheit und zeig mir, wer du warst. Vielleicht entwickelt sich daraus etwas. Und wir kommen noch auf ganz andere Ideen. Hauptsache wir sind zusammen.«

»Wer ich war?« Ich weiß nicht, ob er die Worte richtig verstand, aber er sah mich an, als ob er mir deutlich machen wollte, dass er noch am Leben war.

»Ja, Papa, wer du warst. Und wer du bist. Damals in Berlin und dann später hier in Hamburg.« Meine Stimme wurde ein wenig schärfer. Ich hatte offenbar den ersten Schock der Diagnose verkraftet, das erste hilflose Mitleid war verschwunden. Ich sah jetzt in erster Linie wieder meinen Vater mit Stärken und Schwächen, der auch mal nerven konnte, und nicht den todkranken Patienten, um den man sich kümmern musste. Ich glaube, so etwas wollen Menschen, die dem Tod ins Auge blicken, ohnehin nicht, und so fühlte ich mich zusehends sicherer. Lissy dagegen schien über meine Schroffheit ein wenig zu erschrecken. Sie schaute verlegen weg und stand dann auf, um den Tisch abzuräumen.

Meinem Vater schien es aber nichts auszumachen. Er rührte nur nachdenklich in seinem Kaffee. Ich hatte das Gefühl, weiter für mein Vorhaben werben zu müssen. »Na, vielleicht machen wir einen kleinen Urlaub, nehmen uns ein schönes Hotel und lassen es uns einfach gut gehen!« Ich machte eine kleine Pause, blickte nach unten auf meine Tasse und ergänzte: »Und lernen uns einfach mal besser kennen.«

»Besser kennenlernen«, wiederholte mein Vater. Mehr und mehr hatte ich das Gefühl, dass ihn diese Vorstellung überforderte. Lissy dachte wohl ähnlich, sah skeptisch von der Küche aus zu uns herüber und versuchte dann gleich, die Spannung herauszunehmen.

»Vielleicht fangt ihr einfach mal mit einem Tag an und schaut, wie sich das entwickelt. Ich weiß ja selbst, wie anstrengend Ben manchmal sein kann.« Mein Vater lachte leise, ich musste auch schmunzeln und wieder einmal hatte sie es geschafft, die Stimmung zu retten.

»Warum nicht?«, stimmte mein Vater nun zu. Details würden folgen. Das musste ich mir noch überlegen. »Warum eigentlich nicht?« Er schaute auf, grinste zuerst Lissy, dann mich an. »Lassen wir doch einfach mal die Sau raus. Nur wir zwei.« Als ich diese Worte hörte, fiel mir ein riesiger Stein vom Herzen. Sie gaben mir das Gefühl, dass er wirklich Lust hatte und bereit war, sich vorbehaltlos auf das Abenteuer einzulassen.

8. Kapitel

Finn meldete sich weiterhin nicht, weder bei mir noch bei meinen Eltern. Er tauchte völlig ab. Tage später traf ich zufällig einen Freund von ihm. Dieser schien sehr besorgt und erzählte, dass mein Bruder vollkommen abgedreht sei. Zunächst habe er sich tagelang in seiner Wohnung auf St. Pauli eingeschlossen. Weder für Besucher die Tür geöffnet noch Anrufe entgegengenommen. Sei wie vom Erdboden verschluckt gewesen.

Finn war ein junger Mann Marke Schwiegersohn. Jeder liebte ihn: meine Eltern, die anderen Kinder in der Schule, die Mädchen und auch die Lehrer. Schlank, braun gebrannt und mit den blonden, surfermäßig gestylten Haaren sah er aus, als ob ihm jegliche Konventionen egal wären und er auf Disziplin und geregelten Tagesablauf keinen Wert legte. Doch das Gegenteil war der Fall. Er war der spießigste Sonnyboy, den ich kannte. Ordentlich, ja geradezu penibel, cholerisch, wenn jemand einmal zehn Minuten zu spät kam, und unglaublich strukturbesessen. Noch hatte es keine Frau wirklich lange mit ihm ausgehalten. Stets war er höflich, hatte seine Freundinnen niemals betrogen und immer mit offenen Karten gespielt, aber ich konnte mir nicht vorstellen, dass es viele Frauen gab, die diese Ansammlung an neurotischen Angewohnheiten an einem Menschen lange aushalten würden. »Ein Glück, dass ich Lissy gefunden habe«, dachte ich nicht nur einmal.

Finns Freund erzählte weiter – und schien nun ein wenig pikiert –, dass nach Finns Versteckphase seine Partyphase begonnen habe. Und da Finns Freund genauso spießig war wie mein Bruder, konnte er gar nicht glauben, was dann passierte: Finn ging feiern. Tagelang. Ohne Rücksicht auf Verluste. Exzessiv. Ohne Schlaf, mit Alkohol, beliebigen Frauen und allem Drum und Dran. Da ich Finn kannte, konnte ich gar nicht so recht glauben, was ich da hörte. Finns Freund aber beharrte auf seinen Beobachtungen und darauf, dass seine Beschreibungen keine Übertreibungen seien. Er habe nichts mehr von ihm gehört, bis er ihn ein paar Nächte zuvor völlig betrunken am Albers-Platz auf dem Kiez, mit einer ihm Unbekannten knutschend, gesehen habe. Er habe ihn angesprochen, doch entweder habe Finn nicht mit ihm sprechen wollen – oder ihn in seinem Zustand schlichtweg nicht mehr erkannt. Zwei Tage später, erzählte dieser gute, dieser beste Freund und war nun völlig fassungslos, habe er Finn mit einem Fremden am Schanzenpark kiffen gesehen. Nun musste ich lachen. Mein Bruder und eine Tüte? Unvorstellbar! Ob Finn überhaupt wusste, wie so ein Ding gedreht wird und wie man das raucht? Und als wäre das noch nicht genug, behauptete Finns Freund, dass jener einen Tag später Besuch von der Polizei bekommen habe. Spätestens hier stieg ich aus seiner Geschichte aus. Das wurde ja völlig absurd! Ich habe Finn auch nie gefragt, welche Details dieser Geschichte wahr waren und welche nicht. Aber ich glaube, dass der junge Freund eigentlich alles unter Suff, Frauen, Drogen und Polizei subsumierte, was nichts mit einem kulturell hochwertigen und gesitteten Tagesablauf zu tun hatte. Aber was ich bestätigen kann, ist, dass Finn vollkommen zusammenbrach. Er verlor seinen Kompass und bei aller Trauer, die so ein Verlust mit sich bringt: Ich verstand nicht, wie einen der drohende Tod des eigenen Vaters dermaßen aus der Bahn werfen konnte.

Zugegeben: Finns Verhältnis zu unserem Vater war anders als meins. Ich würde sagen: besser. Ich merkte es daran, wie er Finn anschaute, wie er mit ihm redete und welche Haltung er annahm, wenn Finn mal wieder von seinen Erfolgen erzählte. Ich nahm das den beiden nicht übel. Ich respektierte meinen Bruder, nahm ihn als ganz normalen Jungen wahr, der sich eben in der Welt – im Gegensatz zu mir – sehr gut zurechtfand, bewunderte ihn dafür sogar ein wenig. Und mein Vater, der war eben mein Vater. Er war da, tat mir nicht weh, ich erwartete aber auch nicht viel von ihm. Er sollte seine Zuneigung so verteilen, wie er es für richtig hielt. Finn jedoch profitierte meiner Meinung nach ungemein von Papas Unterstützung. Wie ein Schwamm sog er nachmittags die Hilfen bei den Hausaufgaben auf, er fragte bei allem nach und unser Vater beantwortete geduldig seine Fragen.

Finn hatte schon früh eine Ahnung, was er machen wollte. Irgendetwas mit Veranstaltungen, er musste raus zu den Menschen, organisieren, seine planerischen Stärken ausleben. Er hatte die Fähigkeit, mit Menschen zu reden, ihnen in jedem Moment das Gefühl zu geben, dass sie wichtig waren, dass sie ernst genommen wurden. Akribisch informierte er sich, was er für die Umsetzung seines beruflichen Plans tun konnte, was er studieren und welche Menschen er kennenlernen musste. Und ebenso akribisch setzte er seinen Plan in die Tat um. Und so kam es schließlich, dass er seinen Traumjob bekam: im Marketing des FC St. Pauli. Wie es sich für einen guten Bruder gehört, besorgte er mir immer wieder Karten und ich nahm sie dankend an, denn Fußball, das war etwas, was uns in der Familie stets verband. Begeistert konnten wir zu viert Spiele der Nationalmannschaft schauen. Das waren die wenigen Erinnerungen in meinem Leben, in denen ich mich einer Gruppe zugehörig gefühlt hatte. Und mein kleiner Bruder Finn hatte es sogar geschafft, jetzt seinen Lebensunterhalt in diesem Sport zu verdienen. Gab es etwas Besseres?

Schließlich meldete er sich doch. »Ben?«

»Finn, mein Gott, wo warst du?«

»Ist doch egal. Ich musste allein sein. Ich werde jetzt auch erst mal wegfahren, für länger. Habe mir drei Wochen Urlaub genommen. Der FC kann auch mal auf mich verzichten.«

»Du willst weg? Jetzt? Wohin?«

»Ich muss mal weit weg. Irgendwohin, wo ich die Komfortzone verlasse.« Komfortzone. Ein neumodischer Begriff, den ich noch nie verstanden hatte. Was sollte das sein? Ein räumlich abgetrenntes Gebiet im Leben eines Menschen, in dem alles gut und schön und bequem ist? Diese Zone hätte ich in meinem Leben gerne einmal entdeckt. Sind das Situationen, in denen man durchatmen kann? In denen man kein angespanntes Gefühl im Bauch hat? Ein Bereich, in dem man sich keine Sorgen zu machen braucht, weil dort das Leben nicht auf Sand, sondern auf Stein gebaut ist? Wie toll muss so eine Zone sein! Und Finn wollte sie freiwillig verlassen?

Entsprechend provokativ fiel meine Nachfrage aus: »Was soll denn das überhaupt heißen?«

»Mensch Ben, nerv nicht. Ich muss aus Hamburg raus. Andere Leute kennenlernen. Andere Kulturen. Vielleicht bleibe ich auch viel länger weg.« Ich wusste gar nicht, was ich sagen sollte. Vor ein paar Tagen hatten wir erfahren, dass unser Vater nicht mehr lange zu leben hatte, und Finn hatte nichts Besseres zu tun, als wegzufahren und sich selbst zu finden. Neues zu entdecken. Die Komfortzone zu verlassen.

Ich wurde wütend. »Du verschwindest, einfach so? Lässt uns hier mit dem ganzen Kram allein? Schwache Nummer, Finn.«

»Schwache Nummer? Frag mal Mama und Papa.«

»Hä? Was meinst du denn damit?« Ich hatte keine Ahnung, was er damit sagen wollte.

»Frag sie. Ich hatte letztens ein interessantes Gespräch mit ihnen.«

»Was für ein Gespräch?« Finn schwieg. »Finn?«

»Lass es. Geht nur mich etwas an. Und Mama und Papa. Frag sie selbst. Ich muss jetzt Schluss machen.«

Ich verstand gar nichts mehr. Gab es etwas, das ich nicht wusste? War Papa doch nicht so krank? War alles anders? Gab es doch noch Hoffnung und Finn konnte beruhigt wegfahren? Eilig schob ich noch hinterher: »Etwas mit Papa?«

»Papa? Frag ihn. Ich muss mir jetzt auf jeden Fall erst mal über vieles klar werden, über einiges nachdenken.« Ich schüttelte verständnislos den Kopf, das Handy noch am Ohr. Dann schob Finn hinterher: »Außerdem habe ich Papa eben schon angerufen. Der versteht das.« Der versteht das. Ich spürte, wie in meiner Speiseröhre die

Galle hochkam, mein Blut begann zu kochen; ich meinte zu schwanken, während ich mit dem Telefon auf und ab ging und meinem Bruder zuhörte.

»Aha, der versteht das also. Schön, dass er bei dir immer so verständnisvoll ist. Und ich weiß von gar nichts.«

»Weißt du, Ben, dein dauerndes Selbstmitleid, dass Mama und Papa mich angeblich immer bevorzugen, nervt mich mächtig.« Als ich gerade Kontra geben wollte, fügte er hinzu: »Werd endlich erwachsen.« Dieser Satz machte mich tatsächlich sprachlos. Sprachlos seiner Respektlosigkeit, aber auch seines Selbstbewusstseins wegen. Ich konnte nicht anders, als einfach aufzulegen. Ansonsten hätte ich mich wahrscheinlich vergessen. Und Dinge gesagt, die ich später sicherlich bereut hätte. Jetzt war ich es, der von ihm erst einmal nichts mehr wissen wollte. Sollte er seinen Abstand suchen, seine Komfortzone verlassen, sich selbst finden. Ich würde mich um Papa kümmern.

9. Kapitel

Am nächsten Morgen wachte ich auf und fühlte mich, als hätte mich eine Walze überfahren. Ich hatte erst nicht einschlafen können, dann doch ein wenig gedöst, war wieder aufgewacht und schließlich in unserer Wohnung zwischen Bett, Küche, Couch und Bett gependelt. Gegen vier Uhr musste mich dann die Kraft verlassen haben, sodass ich völlig erschöpft in einen Tiefschlaf fiel, der drei Stunden später durch meinen Handy-Wecker jäh unterbrochen wurde. Schweißgebadet schreckte ich hoch. Der Kopf dröhnte, alles hörte sich dumpf an. Lissy war bereits im Badezimmer, um sich anzuziehen.

»Lissy?«, schrie ich leicht panisch.

»Bin im Bad.« Sie putzte sich die Zähne. »Wollte dich nicht wecken. Hast so tief geschlafen.« Ich schüttelte mich, zwang mich aufzustehen und fiel beinahe wieder ins Bett, so gerädert war ich. Ich hatte nicht schlafen können, weil mir der heutige Besuch beim Onkologen meines Vaters keine Ruhe ließ. Schlimmeres als das, was mein Vater erzählt hatte, konnte der Arzt eigentlich auch nicht zu sagen haben. Doch mein Magen und meine Gedanken ließen mich die ganze Nacht über nicht zur Ruhe kommen. Die Säure in meinem Magen schien diesen von innen her aufzufressen; und meine Gedanken flogen nur so hin und her. Ich kam von einem zum anderen, malte mir aus, wie ich reagieren würde, wenn der Arzt mir sagte, dass es hoffnungslos war, dass mein Vater bald sterben würde. Aber es gab in der Nacht auch Momente der Hoffnung. Vielleicht hatte der Arzt ja auch von einer Fünfzig-fünfzig-Chance gesprochen, wenn mein Vater sich dieser oder jener Behandlung unterzog, und mein Vater hatte das in seinem Schock nicht aufnehmen können. Vielleicht wird es schwer, wird es hart, aber sicherlich ist die heutige Medizin so gut, dass man ihm helfen kann.

Wenig später saßen wir im Auto und fuhren Richtung Hamburg-Alstertal, dorthin, wo sich das Gesundheitszentrum befand, in dem auch der Onkologe meines Vaters seine Praxis hatte. Wir hatten uns bei ihm recht kurzfristig angekündigt, dankenswerterweise konnte dieser unseren Besuch zwischenschieben und mein Vater hatte sein Einverständnis gegeben, dass der Arzt mit uns reden durfte. Ich saß am Steuer meines Porsches 924 und biss mir immer wieder nervös auf die Unterlippe. Lissy schaute mich vom Beifahrersitz an, versuchte, die Stimmung immer wieder aufzulockern, doch ich wollte nicht sprechen. Ich wollte es jetzt nur hinter mich bringen.

Der Mediziner saß auf seinem Bürostuhl und wippte leicht vor und zurück. Er wirkte vollkommen entspannt. Mir fielen seine asymmetrischen Ohren auf, die seine Brille schief sitzen ließen. Er nahm sich alle Zeit, Lissy nahm meine Hand und wir lauschten ihm, so gut wir konnten. Der Doktor machte uns zunächst in Fachchinesisch, später dann auch in normaler Sprache verständlich, dass mein Vater schwer krank war. Dass er zu spät zur Untersuchung gekommen war. Dass eine *regelmäßige*

Untersuchung zur Früherkennung das A und O war, um eine gute Heilungschance zu haben. Er sprach von den verschiedenen Stadien, von guter Palliativmedizin, von hervorragenden Einrichtungen, von Pflegediensten und Hospizen und von den Herausforderungen, die jetzt auf Familie und Angehörige zukämen. Dabei schob er uns eine Broschüre zu, die über alles Weitere informierte.

»Und was kann man da jetzt noch machen?«, fragte ich ungläubig und ein wenig trotzig. Vielleicht hatte unser Gegenüber ja noch nicht alles gesagt. Oder ihm war nicht klar, dass wir alles tun würden, um meinen Vater zu retten.

Lissy schaute mich mitfühlend an. Sie hatte offenbar schon lange begriffen, was der Arzt mir jetzt sagte: »Wissen Sie, es ist einfach zu spät. Wir können nichts mehr machen. Wir können ihm nur noch die Schmerzen nehmen.« Die letzten Worte hörte ich schon wie durch Watte. Mein Verstand hatte mir zwar schon die ganze Zeit gesagt, dass diese Option möglich war. Schließlich hatte mein Vater von keinem Ausweg berichtet, und wenn ich ehrlich war, war er mehr ein nüchterner Zuhörer als ein Dramatiker. Das hieß, als er seine Diagnose vor ein paar Tagen bekommen hatte, würde er die Details schon genau zur Kenntnis genommen haben. Das bestätigte mir mein Hirn, doch mein Herz, mein Bauch und jede Faser meines Körpers wollten dem nicht folgen, wollten vom Arzt etwas anderes hören, wollten ein Wunder.

Und plötzlich fühlte ich das, was Finn sicherlich schon vorher erfahren hatte. Ich wollte nicht loslassen, wollte es nicht akzeptieren. Wut stieg in mir hoch. Auf meinen Vater, der wie immer bei Krankheiten oder Schmerzen nicht oder zu spät zum Arzt gegangen war. Auf die Mediziner, die jährlich Milliarden von der Gesellschaft zur Verfügung gestellt bekamen, aber nicht in der Lage waren, meinen Vater zu retten. Auf die Forschung und die Pharmaindustrie, die es trotz noch mehr Milliarden nicht schafften, anständige Medikamente herzustellen. Und natürlich auf mich, weil ich mich erst jetzt um meinen Vater kümmerte. Wie lange war er mir eigentlich egal gewesen, war mir unsere Beziehung egal gewesen? Was war ich bloß für ein Sohn? Hatte er mir nicht alles gegeben? Zumindest, was er zu geben in der Lage war?

Ich musste raus aus dieser Praxis, konnte den Geruch nicht mehr ertragen, konnte diesen Weißkittel vor mir mit seiner schiefen Brille nicht mehr sehen, der mir erzählen wollte, dass die Zeit meines Vaters abgelaufen war. Die kranken Menschen im Wartezimmer, die bestimmt auch bald das Zeitliche segnen würden. All das war mir zu viel. Ich stürzte aus der Praxis, aus dem Ärztezentrum ins Freie, stemmte vor der Tür die Hände auf die Knie und sog die frische Luft ein. Schließlich ging ich langsam zu meinem Porsche. Ich drehte mich zur Eingangstür, schaute nach Lissy, doch sie kam noch nicht. Das war mir gerade egal. Ich spürte ein Verlangen nach einer Zigarette, nach einem Drink, nach Zerstreuung und Betäubung. Und mir wurde klar, dass meine Verurteilung von Finn in den letzten Tagen nicht gerechtfertigt gewesen war. Wieder einmal schien er einen Schritt weiter und erwachsener zu sein als ich. Er hatte die Tatsachen einfach früher akzeptiert. Und ging jetzt seinen Weg. Aber was hatte er bloß damit gemeint, dass er ein Gespräch mit Mama und Papa gehabt hatte? Dass ich auch mit den beiden reden sollte? Ich zumindest war erst ganz am Anfang meiner Bewältigungsphase. Jetzt hatte nicht nur mein Verstand, sondern auch mein Herz begriffen, dass mein Vater sterben, dass er für immer gehen würde. Ich musste mich beeilen, es war nicht mehr viel Zeit.

10. Kapitel

Meine Mutter liebte meinen Vater. Von ganzem Herzen. Dabei war es gar nicht unbedingt Liebe auf den ersten Blick gewesen. Eigentlich gar kein romantisches Zusammenkommen, sondern ein harter Kampf gegen eine andere Frau. Den sie am Ende gewann. Mein Vater dagegen erzählte immer, dass er meine Mutter von Anfang an geliebt hatte, sich nur nicht von der anderen Frau trennen konnte, weil er ihr anscheinend einiges schuldig war. Dass er daran schuld war, dass sie nun allein und ohne Geld und Job in der gemeinsamen Wohnung in einer fremden Stadt sitzen würde. Dass er dafür verantwortlich war, dass sie sich den Fuß gebrochen hatte, nachdem sie mit dem Handy meines Vaters weggerannt war, um es zu kontrollieren. Und dabei böse gestolpert war. Mein Vater schien sich für alles verantwortlich zu fühlen: dass es der anderen Frau schlecht ging, dass es meiner Mutter schlecht ging. Er schien fast an den Schuldgefühlen zu ersticken.

Dabei hatte meine Mutter meinem Vater schon lange wegen des anfänglichen Hin und Hers in der Beziehung verziehen. Und die andere Frau wird sicherlich auch einen anderen Mann gefunden haben. Meine Mutter ist sowieso einer der gutmütigsten Menschen, die ich kenne, und ist absolut nicht nachtragend. War es zwar keine Liebe auf den ersten Blick, so sagte sie trotzdem immer wieder, dass sie schon sehr früh wusste, dass mein Papa der Vater ihrer Kinder sein würde. Treue ist ihr ungemein wichtig. Dabei ist Treue nicht nur im sexuellen Sinne gemeint, sondern vielmehr als Versprechen. Sie hatte versprochen, meinem Vater ihr Leben lang treu zu sein, bei ihm zu sein, und daran hielt sie sich. Sie verzieh ihm seine Unentschlossenheit am Anfang der Beziehung, sie machte seine Selbstständigkeit ohne sicheres Einkommen mit, baute ihn auf, wenn es ihm schlecht ging, hörte ihm zu, wenn er reden musste, ließ sich von ihm in seinen Wutphasen beschimpfen, ohne es ihm nachzutragen, konnte mit ihm streiten, ohne dass er flüchtete. Sie freute sich mit ihm zusammen über berufliche und wirtschaftliche Erfolge, hatte mit ihm die wildesten Zukunftsfantasien, stand bei seiner Unentschlossenheit und seiner Suche immer wieder an seiner Seite. Niemals kam es ihr in den Sinn, ihn alleinzulassen. Sie sagt immer, mit meinem Vater war es nie langweilig. Und genau das liebte sie so an ihm.

11. Kapitel

Sie war eine stolze Frau, hatte ihr Leben lang gearbeitet, sich niemals von meinem Vater abhängig gemacht, wollte stets ihr eigener Herr sein. Meine Mutter konnte man ohne jeden Zweifel als eine unabhängige, feministische Frau ansehen, die sich nichts vorschreiben und schon gar nichts verbieten ließ. Vielleicht trieb sie die Angst, irgendwann mittellos dazustehen. Wenn sich der Märchenprinz doch als Betrüger entpuppte, der sich bei der ersten Midlife-Crisis eine jüngere, angeblich interessantere, blonde Dame sucht, den Familien-vw dann doch gegen einen Sportwagen eintauscht und sich obendrein mit der jungen Dame ein Penthouse in Ottensen gönnt, während ebendiese sein spätes Kind austrägt. Vielleicht liebte sie auch einfach die Freiheit zu wissen, dass sie sich – ohne Bedingungen aushandeln zu müssen, ohne abzuwägen, ob sie sich das leisten konnte, ohne wochenlang nachdenken zu müssen – selbst irgendwann einen flotten jungen Kerl nehmen und die Jugend noch einmal ausleben könnte. Den grauen Familienalltag hinter sich lassen, um am Mittelmeer das Leben zu genießen. Nein, das alles war sicherlich nicht der Grund. Ich bin davon überzeugt, dass meine Mutter es einfach nicht anders kannte. Ihre Eltern mussten für sie die Hölle auf Erden gewesen sein. Sie sprach selten über sie, selten über ihre Kindheit, doch man spürte an ihrer Härte und an ihrer Distanziertheit zu meinen Großeltern, dass tief im Inneren etwas verborgen war, das sie wegsperren und niemals mehr hochkommen lassen wollte. Ich hatte meine Großeltern nur schwach in Erinnerung. Als ich ganz klein war, musste ich sie zuletzt gesehen haben, vielleicht an meinem vierten Geburtstag. Irgendwann waren sie nicht mehr gekommen. Lediglich ein lauter Streit war mir im Gedächtnis geblieben, mein Vater, der herumschrie, meine Mutter, die weinte. Das war auf jeden Fall vor Finns Geburt gewesen, denn er kannte die Eltern meiner Mutter nur von den wenigen Fotos, die es gab. Und generell schienen diese Jahre meiner Kindheit aus irgendeinem Grund schwierig gewesen zu sein. Ich hatte das Gefühl, dass meine Eltern zu dieser Zeit das Lachen verlernt hatten und sich erst mit Finn wieder daran erinnerten, wie es ging. Ich hatte nur vereinzelte Bilder im Kopf, aber das dringende Bedürfnis, nicht zu genau über meine frühe Kindheit nachzudenken. Das Einzige, woran ich mich besinnen konnte, war, dass ich immer wieder weinte, weil ich weder schlafen konnte noch wollte, und dass ich meine Mutter niemals losließ, wenn sie beabsichtigte, das Haus zu verlassen. Und dann kam Finn in das Leben meiner Eltern und zauberte ihnen ein Lächeln auf die Lippen.

Irgendwann hatte unsere Mutter einmal erzählt, dass sie schon früh von zu Hause ausgezogen war. Sie war auf einem kleinen Dorf mit höchstens fünfhundert Einwohnern groß geworden. Ich weiß gar nicht, wie es hieß, aber es lag irgendwo vor den Toren Hamburgs. Sie hatte dort keine Freunde, wurde immer wieder gehänselt und galt wohl als das schwarze Schaf des Ortes. Gleich nachdem sie volljährig wurde, nahm sie sich in Hamburg ihre erste eigene Wohnung, verdiente ihr eigenes Geld und eröffnete ihr eigenes Konto. Dabei blieb es. Bis heute. Unabhängigkeit war ihr stets wichtig. Vielleicht ist damit auch zu erklären, dass sie sich nach der Diagnose meines Vaters einredete, dass sie vor dem Leben mit ihm ein eigenes Leben geführt hatte und dieses eben auch nachher führen würde. Sie schien ganz darin gefangen zu sein, wie sie vom Tod meines Vaters betroffen sein würde, und legte sich diverse Rechtfertigungen dafür zurecht, dass sie keine Traurigkeit zuließ. Allen voran: Das Leben müsse weitergehen. Mein Vater verstand in diesen Tagen die Welt nicht mehr. Was hatte er nur falsch gemacht? Bestrafte sie ihn dafür, dass er todkrank geworden war? Warum war sie so hart?

In den Tagen nach der Diagnose schien sie es unter allen Umständen vermeiden zu wollen, weiter darüber zu sprechen. Man kam nicht an sie heran, sie hatte sich einen emotionalen Schutzwall gebaut.

»Schatz. Bitte. Rede doch mit mir«, flehte mein Vater sie förmlich an.

»Da gibt es doch nichts zu reden. Es ist, wie es ist. Was sollen wir die letzte Zeit jetzt mit Weinen und Diskussionen verbringen?«

»Aber vielleicht will *ich* mit dir reden.«

»Ich denke, zurzeit sollten wir uns auf anderes konzentrieren.« So ging es immer und immer wieder. Tagelang blockte sie ihn ab. Mein Vater hatte keine Freunde, keine Arbeitskollegen mehr, keine Sportkameraden. Vor seinen Kindern wollte er sich so wenig wie möglich die Blöße geben, doch von seiner Frau, mit der er schon so viel erlebt hatte, gute und nicht so gute Zeiten, erhoffte er sich mehr, als nur gemeinsam zu funktionieren.

Diese Diagnose hatte auch meine Mutter verändert. Das war offensichtlich. Mehrfach hatte ich seitdem mit ansehen müssen, wie sie meinen Vater behandelte, als wäre er für die Situation verantwortlich. Doch wagte ich es noch nicht, sie darauf anzusprechen. Einerseits wollte ich meine Mutter mit Diskussionen und mit Vorwürfen nicht zusätzlich aufwühlen, andererseits musste ich zugeben, dass ich auch ein wenig Angst vor ihrer Reaktion hatte. Wahrscheinlich hätte sie ohnehin niemals zugegeben, dass sie aufgewühlt war. So war sie, seit ich mich erinnern konnte: hart zu sich selbst, hart zu anderen, aber mit einem großen Herzen. Ich musste keine Angst vor meiner Mutter haben, aber ich empfand meine Mutter als streng, sie hatte unsere Familie komplett im Griff, akzeptierte wenige Eskapaden, konnte heftig reagieren, wenn ihr etwas nicht passte. Aber wenn sie ihre Ruhe gefunden hatte, vor allem abends, wenn sie mich ins Bett brachte, da kam ihre weiche Seite durch: Sie nahm sich alle Zeit der Welt, las mir vor, streichelte mich, bis ich eingeschlafen war. Leider hatte sie diese Momente sehr selten. Meist funktionierte sie, organisierte, zeigte Haltung und strahlte hanseatische Kälte aus. Als kleiner Junge war es schwer für mich zu akzeptieren, dass es nicht mehr Umarmungen gab. Zumal sich das in etwa so anfühlte, als wäre mir ein Spielzeug weggenommen worden, das ich einmal sehr geliebt hatte. Tief im Inneren spürte ich, dass sie ganz früher häufiger liebevoll gewesen war. Als ich älter wurde, akzeptierte ich die Distanziertheit meiner Mutter mehr und mehr. Es wurde Gewohnheit. Und ich wunderte mich immer häufiger, woher meine extreme Sensibilität kam. Von meiner Mutter konnte ich sie auf jeden Fall nicht geerbt haben.

Als ich ihr zusah, wie sie krampfhaft versuchte, eine Fassade aufrechtzuerhalten, und die Diagnose meines Vaters ignorierte, wurde mir klar, dass ich meinem Vater ähnlicher war, als ich je gedacht hätte. Weich, mitfühlend, harmoniebedürftig. Und Finn glich mehr meiner Mutter. Niemals hatte ich unsere Familie bisher in diese Lager unterteilt; aber wir hatten auch noch niemals eine derartige Herausforderung zu meistern gehabt.

12. Kapitel

»Wie sieht es mit Arztbesuchen in der nächsten Zeit aus, Papa?« Ich war fest entschlossen und würde mich nicht davon abbringen lassen. Das war schon immer so gewesen. Interessierte mich etwas, wollte ich etwas wirklich, hatte ich mir etwas in den Kopf gesetzt, dann arbeitete ich so lange daran, bis ich es erreichte. Das widersprach dem, was andere – vor allem Lehrer und auch mein Vater – immer über mich sagten: dass ich nie etwas zu Ende bringen konnte. Was diese Menschen nicht verstanden hatten, war Folgendes: Ich ordnete mein Leben danach, was mich interessierte. Auf den ersten Blick schienen mir viele Dinge interessant, doch ich stellte häufig fest, dass sich unter der vielleicht glänzenden Oberfläche dann doch graue Dinge verbargen. Erst was sich bei näherer Betrachtung auch als golden entpuppte, weckte meine nachhaltige Aufmerksamkeit. So war es mit meinem früheren Wunsch, unbedingt eine Katze als Haustier zu halten: Obwohl meine Eltern strikt gegen Haustiere waren, wusste ich, dass es für mich das Richtige war. So war es mit Lissy und mit meinen Romanen und so war es jetzt mit meinem Vorhaben, meinen Vater in seinen letzten Wochen zu begleiten: Dies waren die Dinge, die meine Leidenschaft weckten. Und sobald sie einmal geweckt war, konnte mich nichts mehr aufhalten.

Mein Vater schaute mich ein wenig irritiert an. Offenbar hatte er meinen Vorschlag nicht ganz ernst genommen. »Wie? Was meinst du?«

»Na, ob du für eine Zeit verschwinden kannst oder ob vorher noch ein paar wichtige Untersuchungen anstehen.«

»Verschwinden?«

»Ja, Papa. Was ich letzten Samstag gesagt habe, war ernst gemeint. Ich will mit dir weg. Erst einmal nach Berlin, mal sehen, wohin es uns noch verschlägt.« Wieder so ein spontaner Einfall von mir. Manchmal passierte mir das. Eigentlich wollte ich mit ihm nur nach Berlin. Kreuzberg kennenlernen, das Elternhaus, in dem er geboren wurde. Doch plötzlich kam mir in den Sinn: Wieso nicht auch einfach noch mal wegfliegen?

»Nach Berlin?« Seine Augen leuchteten geradezu. Das erste Mal seit der Diagnose. Die Vorstellung schien ihm zu gefallen.

»Ja, Berlin. Warum nicht? Waren wir jemals zusammen in Berlin?« Mein Vater schüttelte den Kopf und blickte zu Boden. Ich sagte nichts, wartete, bis er seine Gedanken gesammelt hatte. Ich musterte ihn, dann schaute er wieder auf und sah mich an.

»Wieso eigentlich nicht? Mein nächster Untersuchungstermin ist in fünf Tagen. Bis dahin könne man eh nichts tun, hat der Arzt gesagt. Ich müsste nur meine Medikamente nehmen.« Ich spürte, wie mein Magen bei seinen Worten zu tanzen begann. Es war die pure Freude, gemischt mit Aufregung – wie das Gefühl, wenn man als Kind ein unerwartetes Geschenk bekommt. Als hätte mein Vater mir soeben mitgeteilt, dass wir zusammen auf Angeltour gehen würden, Abenteuerurlaub, Vater-Sohn-Zeit.

Ich schluckte kurz und versuchte, mich zu beruhigen. Lissy hatte noch länger beim Arzt gesessen, hatte die Kraft gehabt, sachlich zu fragen, wie es genau aussah, sich Details erzählen lassen, auch vor dem Hintergrund meines Vorhabens. Sie bekam nichts Schönes zu hören, doch zumindest wurde ihr bestätigt, dass mein Vater nicht in den nächsten Tagen sterben würde. Und dass er wahrscheinlich noch genügend Zeit haben würde, um einiges in Ordnung zu bringen. Und eine letzte kleine Tour zu machen. Er musste nur dringend zur nächsten Untersuchung wiederkommen. Und es konnte sein, dass die Beschwerden stärker würden. Die Dosis der Tabletten müsste dann erhöht werden, was zunächst aber keine Folgen haben, meinen Vater höchstens müder machen würde. Der Arzt hatte Lissy also grünes Licht gegeben.

»Super, Papa, dann lass uns doch gleich morgen los. Und in drei Tagen sind wir zurück. Ich überlege mal, wo wir in Berlin schlafen können.« Ich schaute ihm tief in die Augen, sah oder bildete mir zumindest ein zu sehen, dass er glücklich war. Ich unterdrückte meine Tränen, wollte ihn umarmen, konnte mich aber nicht überwinden. Ich nahm seine Hand in meine und drückte sie ganz fest.

»Morgen neun Uhr? Wir fahren mit dem Porsche.«

»Mit dem Porsche?« Er musste lachen, schüttelte den Kopf. Dieser Wagen. Dass er damit einmal eine Vater-Sohn-Tour machen würde. Doch ich wusste, er freute sich darauf. Und ich spürte, ich würde die wichtigste Reise meines Lebens antreten.

13. Kapitel

Bis ich ein Teenager war, hat mein Vater mir von seiner Lebensgeschichte und seiner Vergangenheit nie etwas erzählt. Ich erfuhr nur von meiner Mutter über ihn. Irgendwann erzählte sie mir einmal, dass mein Vater immer wieder solche krampfartigen Panikattacken hatte. Morgens, wenn er nicht bei ihr war. Er nannte es ›Mitbewohner‹. Das hatte ihm eine Psychotherapeutin empfohlen: Er sollte dieses Gefühl, dieses Phänomen, als etwas betrachten, das bei ihm wohnt, sich bedient, geduldet ist, aber gegen das anzugehen sich auch nicht lohnt. Geholfen hat ihm das wohl nicht. Darüber kann ich nicht wirklich viel erzählen, wie das war und was der Mitbewohner aus ihm machte. Ich kann über meinen Vater nur erzählen, wie er zu Hause, wenn er mit mir, Mama und Moritz zusammen war.

Mein Vater hat uns vollkommen beschützt, in allen Lebenslagen und in jeder Situation. Meist ohne Rücksicht auf Verluste und oftmals auf eine Art und Weise, die andere konsternierte. Bei unseren Lehrern war er recht unbeliebt, weil er bei jedem Problem grundsätzlich das Problem beim Lehrer sah anstatt bei uns Kindern. Er ging keinem Konflikt mit Lehrern aus dem Weg, sprach immer an, was ihm nicht gefiel, und mischte sich den Lehrern zu-

folge dauernd ein. Nicht nur einen Bekannten hat er mit seiner Art verprellt. Selbst die beste Freundin meiner Mutter entfernte sich irgendwann von uns, weil ihr Mann sich einmal lustig über mich gemacht hatte und mein Vater dann gnadenlos zurückschlug und den Mann verbal entblößte. Meine Mutter wurde wegen dieser Art meines Vaters manchmal böse. Ich hatte sogar das eine oder andere Mal das Gefühl, dass mein Vater ihr unangenehm war, sie sich für ihn schämte. Weil er so aufbrausend werden konnte, wenn jemand seine Familie angriff, weil er immer für seine Ideale kämpfte, immer für etwas einstand.

Ich erinnere mich an eine Situation, als ich noch klein war: Meine Eltern waren unterwegs und eine Babysitterin passte auf uns auf. Ich lag schon im Bett, wartete sehnsüchtig, dass meine Eltern endlich kamen. Da hörte ich die Tür – meine Mutter war nach Hause gekommen. Allein. Sie schickte die Nanny weg und erst Stunden später kam auch mein Vater. Ich hörte, wie er zur Haustür hereinkam, denn meine Zimmertür war nur angelehnt. Er ging ins Schlafzimmer und schnauzte meine Mutter an. Ich konnte nicht mehr einschlafen, weil ich wusste, dass meine Eltern sich heftig stritten, und bekam mit, wie er immer wieder den Flur entlanglief. Und wie er letztendlich im Gästezimmer übernachtete. Ich traute mich damals natürlich nicht zu fragen, was passiert war, doch spürte ich, dass es etwas Besonderes, etwas Schlimmes war. Doch am nächsten Morgen nahm mein Vater mich in den Arm, streichelte meine Haare und sagte mir, dass sich alles regeln würde. Alles werde immer wieder gut. Und auch wenn die beiden in vielerlei Hinsicht höchst unterschiedlich waren: Sie haben einander sehr geliebt, das weiß ich.

14. Kapitel

Was hatte ich mir nur dabei gedacht? Da lagen wir nun in der Pension ›Fatima‹ in der Wrangelstraße mitten in Kreuzberg, draußen tobte das Leben, Touristen machten Lärm wie auf dem Hamburger Dom, das Fenster mussten wir weit geöffnet halten, weil es ansonsten unerträglich heiß war, und ich lag mal wieder wach. Und *er* war da.

Es musste ungefähr fünf sein. Mein Vater lag neben mir im Tiefschlaf, erschöpft, aber nicht unglücklich. Seine Beschwerden hatten sich heute in Grenzen gehalten, er musste bloß recht häufig die Toilette aufsuchen. Ich schaute ihn an, Licht schien auf sein Gesicht, draußen blinkte die Werbetafel von der anderen Straßenseite. Der Vorhang ließ sich nicht ganz zuziehen. Unglaublich, dass dies früher einmal ein armes Arbeiterviertel direkt an der Berliner Mauer gewesen war. In Trümmern liegend, später bewohnt von türkischen Arbeitern und Familien und nun Gentrifizierungs-Hotspot. Deshalb waren wir hier vor allem auf andere Touristen getroffen, auf Yuppies, Dorfmenschen, die die Stadt suchten und sich dann nach ihrem Dorf sehnten. Kreuzberg war so ganz anders, als mein Vater es beschrieben hatte. In Hamburg hatten wir solche Entwicklungen auch erlebt: St. Pauli, Schanzenviertel, Altona. Die Viertel veränderten sich dramatisch. Und als wir tagsüber durch die Straßen von Kreuzberg gegangen waren, hatte ich mich nicht nur einmal dabei ertappt, wie ich innerliche Monologe führte. Wie ich allen erklären wollte, wie ungerecht und gemein die Welt war. Ich sah die Oma an der Ampel in der Schlesischen Straße mit ihrer schweren Tasche und tiefen Furchen im Gesicht. Und bildete mir ein, dass die bösen Wohnungskonzerne ihr dauernd die Miete erhöhten, die sie mit ihrer kleinen Rente nicht mehr zahlen konnte. Ich sah den türkischen Obsthändler in der Falckensteinstraße an der Straßenecke zur Wrangelstraße, am Schaufenster klebte ein alter, vergilbter Aufkleber: ›30 Jahre‹. Sah ihn in der Eingangstür, wie er traurig über die Straße auf die andere Seite schaute, wo gerade der nächste Discounter öffnete. Und bildete mir ein, dass er durch die Konzerne ruiniert wurde und jetzt nicht mehr wusste, wie er seine Kinder ernähren sollte. Ich sah die Hipster an der Oberbaumbrücke, die alle englisch sprachen, und bildete mir ein, dass sie zwar wussten, wo die App auf ihrem Smartphone war, um ihre Fotos noch schöner aussehen zu lassen, aber nicht wirklich wussten, in welcher Stadt sie sich gerade befanden. Amsterdam? Sydney? San Francisco? Starbucks sah ja überall gleich aus.

Doch schließlich konnte ich über mich selbst und meine harten Gedanken nur noch lachen und sah meinen Vater an. Wie er durch die Straßen ging, vital, aufrecht, zielgerichtet. Voller Lebensmut.

»Hier, mein Sohn. Das war die Liebfrauenkirche. Hier sind wir früher immer mit der Familie zum Gottesdienst gegangen.«

»Du bist katholisch?« Das war mir neu.

»Ich war es. Ausgetreten«, entgegnete er trocken und eilte weiter.

»Hier bin ich geboren. In der Falckensteinstraße. Das war mein Elternhaus. Hier war damals die Hausmauer zerbombt. Da sind wir immer durchgestiegen und im Hinterhof haben wir gespielt.« Irgendwann ließ ich mein Unwohlsein und meine erfolglosen Versuche, die Welt zu erklären und zu verdammen, hinter mir und konzentrierte mich ganz auf die Gefühlswelt meines Vaters. Und der blühte mehr und mehr auf, zeigte wirkliche Emotionen, ließ mich an sich heran. Ich ging neben ihm her und grinste unentwegt. Wir hielten an einem Haus an, in dem unten ein kleines Café untergebracht war. Spontan setzten wir uns an einen der freien Tische und betrachteten das bunte Treiben. Mein Vater zeigte auf einen kleinen Platz mit diversen Bänken. Dieser machte einen verwahrlosten Eindruck, die Bänke waren beschmiert und die Mülleimer quollen über. »Da drüben war die Gründung und der regelmäßige Treffpunkt der Wrangel-Bande.« Dabei machte er ein schelmisches Gesicht und wirkte plötzlich wie ein kleiner Junge.

»Wrangel-Bande?« Ich kam aus dem Staunen nicht mehr heraus. Mein Vater schmunzelte nur breit und schwieg. »Du warst in einer Jugendbande? Du?«

»Ist lange her.«

Ich musste lachen, konnte es nicht glauben. Mein Vater, Maschinenbauingenieur aus Poppenbüttel, Mitglied einer Jugendbande. »Und was habt ihr alles so angestellt?«

Und dann erzählte er. Von den anderen Jungs, von den Überfällen auf andere Banden, kleinen Diebstählen, kleinen Schlägereien, meistens aber Mutproben, die

die Mädchen beeindrucken sollten. Er berichtete, dass er irgendwann ausgebrochen war, als plötzlich neue Jungs Mitglieder wurden und die ganze Sache immer härter wurde. Später hatte er gehört, dass die Bande umbenannt worden war und dass einige seiner alten Kumpel auf die richtig schiefe Bahn geraten waren.

Beeindruckt hörte ich zu. Ich musste mir eingestehen, dass mein Vater offenbar voller Geheimnisse war. Und die Geheimnisse, die er nun preisgab, machten mich immer neugieriger.

~

»Und deine Mutter?« Lissys Frage war berechtigt, aber ich bildete mir ein, dass sie meine Mutter mal wieder falsch einschätzte, sich zu viel Sorgen um sie machte, dass meine Mutter auf sich selbst aufpassen konnte. Ich wusste ganz genau, dass unsere Tour für sie kein Problem war. Weil sie mit diesem Elend eh lieber nichts zu tun haben, ihr eigenes Leben leben wollte. Doch am Ende hatte Lissy mit ihrer Einschätzung wieder einmal recht. »Ich weiß schon, sie gräbt sich gerade ein und tut so, als könnte sie es ignorieren. Aber wenn ihr weg seid, ist sie allein zu Hause. Finn ist auch abgehauen. Meinst du, sie verkraftet das?« Ich schwieg. Wollte etwas sagen, brachte es aber nicht über die Lippen. Und wie immer rettete sie mich:

»Okay, ich werde mich um sie kümmern. Ich unternehme am Wochenende irgendetwas mir ihr.« Ich atmete durch, schaute sie an und dankte ihr. Doch sie wehrte ab – ich glaube, es lag in ihrem Naturell zu helfen. Sie konnte nicht anders. Vielleicht war sie ein wenig widerwillig, schließlich war meine Mutter auch nicht immer einfach. Doch sie wusste genauso gut wie ich, dass dieser Trip mit meinem Vater nicht nur ihm guttun würde, sondern auch mir. Vielleicht konnte ich endlich mehr über meine Herkunft erfahren – und wenn nicht, wäre ich wenigstens meinem Vater einmal tatsächlich nahegekommen.

Doch meine Mutter wusste noch gar nichts von unserem Plan und wir konnten ja nicht einfach abhauen. Deshalb fuhren Lissy und ich am Nachmittag noch einmal zu meinen Eltern nach Poppenbüttel, um ihr davon zu erzählen. Ich druckste herum, wollte sie nicht überfahren, holte weit aus, sprach von einer »letzten gemeinsamen Chance«, doch sie tat teilnahmslos. »Macht ihr mal«, sagte sie nur.

»Wir wollten doch immer mal gemeinsam eine Shopping-Tour in der Stadt machen, Gabi. Soll ich dich am Samstagvormittag abholen?« Meine Mutter nickte nur, ging gar nicht so recht auf das Angebot von Lissy ein. Sie reagierte weder dankbar noch abwehrend, sondern widmete sich gleich wieder ihren Küchenarbeiten, bei denen wir sie unterbrochen hatten. Auf dem Weg nach draußen sahen wir meinen Vater oben an der Treppe stehen. Er sagte nichts, wirkte nur niedergeschlagen, vielleicht weil seine Frau noch immer keine Anstalten machte, sich mit ihm und seiner Krankheit ernsthaft auseinanderzusetzen. Ich hoffte, es würde ihn aufheitern, mit mir ein paar Tage wegzufahren, der Sprachlosigkeit in diesem Haus zu entfliehen.

Am nächsten Morgen holte ich ihn ab. Oscar bot nicht viel Platz für Gepäck, aber als ich in Poppenbüttel vorfuhr, stand mein Vater schon vor dem Haus und wartete auf mich, eine kleine Tasche in der Hand. Ich machte den Motor aus, atmete noch einmal durch, fragte mich, ob ich das wirklich tun wollte und sollte, und öffnete die Fahrertür. Als ich mich zur Haustür drehte, war mein Vater schon lächelnd auf dem Weg zum Auto und schlagartig waren alle Vorbehalte verflogen. Ich blickte nach oben auf das Haus, fixierte nacheinander die Fenster und entdeckte dann beim Gästezimmer meine Mutter. Sie hielt den Vorhang zur Seite, der eigentlich immer zugezogen war, und schaute auf uns herab. Ich winkte ihr zu und machte einen Handkuss. Doch sie reagierte nur mit einem gequälten Lächeln. Ich meinte noch erkennen zu können, dass sie sich über die Augen wischte, dann fiel der Vorhang zu. Eine innere Stimme sagte mir: »Geh noch einmal zu ihr, sprich mit ihr, nimm sie in den Arm, tröste sie«, doch dann unterbrach mein Vater meine Gedanken.

»Und? Kommst du?« Ja, er hatte recht. Offenbar erkannte mein Vater, was ich dachte, und sagte: »Wir sind ja in ein paar Tagen wieder da.«

Wie viel Zeit hatte ich noch mit meiner Mutter? Wie lang hatte ich noch, um mich mit ihr auszusprechen? Mich ihren Gefühlen zu widmen? Hoffentlich noch viele Jahre. Doch jetzt galt es, mit meinem Vater die letzte Zeit zu verbringen, die wir noch hatten.

Kurz darauf fuhren wir auf die Autobahn. Musik erklang aus dem Radio. Oscar dröhnte eintönig vom Zwei-Liter-Frontmotor, ich fuhr auf der rechten Spur, nicht schneller als hundertzwanzig Stundenkilometer. Keiner sagte etwas. Ich versuchte, meinen Vater zu beobachten, etwas in ihm zu entdecken, einen Hinweis auf Sorge oder Unbehagen, doch er sah friedlich und gelöst aus. Er schaute mit sanften Gesichtszügen rechts aus dem Fenster, beobachtete die Windräder und blickte in den Himmel. Da entspannte ich mich ebenfalls. Ich genoss, wie mein altes Auto auf der fast leeren Straße dahinglitt, und vergaß sogar meine Angst, dass *er* morgen früh wiederkommen könnte. Dass es mich wieder durchschütteln und ich mich einsam und allein fühlen würde, wenn ich nicht in meinem eigenen Bett, sondern in einem Hotelzimmer aufwachte.

Obwohl die Schilder an der Autobahn unübersehbar darauf hinwiesen, durchbrach mein Vater plötzlich das Schweigen und zeigte auf den alten DDR-Wachturm.

»Hier war die Grenze!« Ich nickte stumm. Ich kannte den ehemaligen Grenzübergang nur zu gut, die zwei kurz aufeinanderfolgenden Raststätten, die früher einmal die West- und Ostgrenze waren. Ich war schon häufiger in Berlin gewesen, zuletzt bei einer Buchmesse vor ein paar Monaten. Mein Vater dagegen schien tatsächlich das erste Mal seit langer Zeit wieder hier zu sein.

Unvermittelt fragte ich: »Wie lange bist du nicht mehr in Berlin gewesen?« Schlagartig änderten sich seine Gesichtszüge. Sein Blick wurde hart und beschwert. Fast unhörbar, überdeckt vom Motorengeräusch meines Porsches, antwortete er:

»Ich war vor zehn Jahren bei der Beerdigung deiner Großmutter, allerdings bin ich nicht über Nacht geblieben. Zum letzten Mal war ich vor fünfunddreißig Jahren wirklich in Berlin.«

Das war eine lange Zeit.

»Warum so lange?«, fragte ich und bekam keine Antwort. Er winkte einfach ab. Ich bohrte nach: »War ich damals mit?« Er nickte. Ich konnte mich nicht daran erinnern, obwohl ich ja schon vier Jahre alt gewesen sein musste. Irgendwie hatte sich die Stimmung geändert, irgendetwas gefiel mir nicht. Doch ich konnte nicht definieren, woran es lag. Vielleicht wollte er einfach nicht darüber sprechen. Vielleicht lag es an seinen Eltern, meinen Berliner Großeltern, an die ich mich nur schemenhaft erinnern konnte, da ich sie selbst vor ihrem Tod viele Jahre nicht mehr gesehen hatte.

Lag es wirklich an meinen Großeltern, dass die Stimmung meines Vaters sich derartig verändert hatte? Oder hatte er aus einem anderen Grund Berlin im Wesentlichen jahrzehntelang gemieden? Ich beließ es dabei, wollte nicht schon zu Beginn die ganz großen Probleme wälzen. Stattdessen versuchte ich, ihn ein wenig nach seiner Kindheit auszufragen. Schließlich wusste ich, dass er in Kreuzberg aufgewachsen war. Deshalb hatte ich ja diese Pension ›Fatima‹ im Wrangelkiez ausgesucht. Als wir die kargen Gebiete von Mecklenburg durchfuhren, nannte mein Vater mir seine wichtigsten Kindheitsstationen, erzählte diese eher wie einen Lebenslauf, Stichpunkte abhakend, recht emotionslos. Doch für mich war das ein guter Einstieg. Das waren immerhin mehr Informationen über sein Leben, als ich in den letzten Jahrzehnten insgesamt von ihm bekommen hatte.

Wir hatten Glück und wurden von größeren Staus verschont. Mehrmals mussten wir wegen des Leidens meines Vaters an einer Raststätte halten, damit er sich erleichtern konnte, doch alles in allem war es eine angenehme Reise. Ich begann, Gefallen an unserem Abenteuer zu finden, es nicht mehr nur als harte, anstrengende Entdeckungsreise unserer Beziehung zu sehen, sondern als eine gute, sinnvolle gemeinsame Zeit.

Die entspannte Stimmung schlug bei mir abrupt um, als wir Berlin erreichten. Die Automassen nahmen gleich hinter der Stadtgrenze, nachdem wir den Berliner Bären hinter uns gelassen hatten, zu. Wir kamen von einem Stau in den nächsten und die Stadtautobahn stellte mich mit ihrer Straßenführung nicht nur einmal vor Herausforderungen. Mir kam es vor, als jagten die anderen Autos sich gegenseitig, es wurde gedrängelt, gehupt und gedroht. Mir lief der Schweiß von der Stirn und mein Stresspegel erreichte am Dreieck Funkturm einen Höchststand – es war eine einzige Tortur, mich durch die Automassen zu schlängeln. In Berlin war es noch mal drei Grad wärmer als in Hamburg und zu unserem Leidwesen stoppte uns nicht nur eine Karawane von Staatskarossen – sämtliche Ampeln wurden plötzlich wie von Geisterhand auf Rot gestellt, alles stand still und es dauerte eine gefühlte Ewigkeit, bis die weißen Motorradfahrer das Feld anführten –, nein, wir fuhren außerdem in Kreuzberg, ohne es zu ahnen, mitten in eine Demonstration hinein. Die Demonstration zwang uns zu einem Umweg, was uns eine weitere halbe Stunde kostete. Mein Vater entpuppte sich als außerordentlich entspannter Beifahrer. Ganz im Gegensatz zu den Fahrten, bei denen meine Mutter in Hamburg das Steuer übernahm und mein Vater danebensaß. Da wusste er immer alles besser und korrigierte sie, wo es nur ging. Hier in Berlin hatte er das Fenster heruntergelassen, steckte strahlend seine Nase in die Berliner Stadtluft und schien in seiner eigenen Welt zu sein. Egal, wie viel Verkehr auf den Straßen herrschte, egal, wie aggressiv ich die Stimmung empfand.

Wir kamen völlig durchgeschwitzt in der Wrangelstraße an. Glücklicherweise fand ich nicht weit von der

Pension einen Parkplatz. Ich schaute mich ein wenig skeptisch um, bevor ich Oscar abschloss. Neben einigen Männern mit schwarzen Haaren und dunklen Augen sah ich ein paar Frauen mit Kopftüchern, viele junge Leute mit Sneakers, Bärten und Skateboards. Ich hörte Deutsch, Englisch, Spanisch, Arabisch und Türkisch. Ich sah etliche sanierte Altbauten, viele Fahrräder, junge Mütter mit Kinderwagen. Trotzdem fühlte ich mich nicht ganz wohl. Dies war immer noch Kreuzberg. Gentrifizierung hin oder her. Ich hatte keine Lust, mein geliebtes Auto hier morgen nur noch in Einzelteilen vorzufinden. Aber was sollte es? Mein Vater schaute mich fordernd und ungeduldig an. Es klang voller Tatendrang, als er sagte: »Na, mach schon! Berlin ist groß! Und ich will dir eine Menge zeigen, wo wir schon einmal hier sind!« Ich nickte, nahm unsere Taschen und folgte ihm zur Pension.

~

Und nun lag ich hier. In einem fremden Bett, in einem fremden Zimmer eines fremden Hauses, und neben mir lag ein mir eigentlich komplett fremder Mann. Ich hatte zwar bei unserer Sightseeingtour durch Kreuzberg einiges über ihn erfahren. Aber ich wollte genau wissen, wie diese Umgebung meinen Vater geprägt hatte. Was davon ihn zu dem gemacht hatte, der er war. Und was das alles mit mir zu tun hatte. Vielleicht hoffte ich auf Antworten, dass die Kindheit meines Vaters etwas damit zu tun hatte, dass ich mich so wenig leiden konnte. Dass ich Parallelen vor Augen gehalten bekam, dass es bei ihm in der Kindheit ähnlich wie bei mir war. Dass er sich fremd gefühlt hatte, ausgeschlossen, anders. Dass er sich auch irgendwie gehasst hatte. Doch bei der Rundtour erklangen aus seinen Worten eher freudige Erinnerungen an eine spannende Kindheit mit vielen Freunden. Materiell zwar karg, manchmal sehr hart, aber doch alles andere als einsam. Ganz anders also als bei mir.

Nun war es fast fünf Uhr morgens und ich war durch lautes Gebrüll von der Straße geweckt worden – und jetzt kam *er*. Erbarmungslos, mich auslachend, verspottend. Ich spürte es, rollte auf die Seite und zog die Knie an meinen Bauch. Ich wollte es von Beginn an verhindern. Diesmal wollte ich *ihn* nicht hineinlassen. Doch auch dieses Mal war es vergeblich. *Er* schlug knallhart in meinen Bauch ein. Und ich konnte nur noch einen Gedanken fassen: Allein. Allein. Allein. Ich wollte meinen Vater wecken, streckte meine Hand zu ihm aus, zog sie wieder zurück. Das kannst du nicht tun, dachte ich. Er braucht seinen Schlaf. Doch ich brauchte ihn! Allein. Ich streckte meinen Körper aus, es beruhigte sich ein wenig, mein Magen blubberte, doch dann kam *er* mit noch mehr Kraft zurück. Es half nichts. Ich konnte nicht mehr. Ich war mir plötzlich ganz sicher: Diesmal überstehe ich es nicht. Allein. Allein. Ruckartig drehte ich mich zu meinem Vater, fasste seine Schulter mit der Hand und schüttelte ihn sanft. Nichts. Er atmete ruhig weiter. Ich schüttelte ein wenig kräftiger. Allein. Allein. Allein. *Ich kann nicht mehr!* »Papa«, flüsterte ich verzweifelt. Gott sei Dank öffnete er plötzlich seine Augen. Ich sah die Irritation in seinem Blick, er schaute nach rechts, nach links, dann in meine Augen. Er setzte sich ruckartig auf. Durch das Licht der Werbetafel, das durch den Vorhang ins Zimmer fiel, erkannte er genau, was in mein Gesicht geschrieben war. Kurz blickte ich in den Spiegel, der gegenüber vom Bett über einem kleinen Tisch aufgehängt war. Bleich, tränengefüllte Augen, die pure Angst. Typisch, wenn *er* da war. Mein Vater wischte sich über den Mund und sagte: »Mein Gott, Junge, was ist denn mit dir los?«

Ich begann zu weinen. Die Tränen kamen schlagartig ungebremst. Ich verdeckte mein Gesicht, wollte es meinem Vater vor Scham nicht zeigen. »Ich hasse mich so! Ich hasse mich so! Tut mir leid. Es tut mir so leid!« Ein neununddreißigjähriger Erwachsener heult vor seinem todkranken Vater wie ein kleines Kind. Er streichelte sanft meine Schulter und ich weinte.

»Was ist denn, Ben? Was ist denn bloß los?« Ich weinte und weinte. »Mensch, Junge, wofür entschuldigst du dich denn?« Ich wollte davon nichts wissen. In diesem Moment verabscheute ich mich, wollte mich am liebsten vernichten, mich zu Tode saufen, den Ben einfach töten, der so sehr falsch war. Da sagte mein Vater: »Aber … du konntest doch gar nichts dafür! Du bist nicht schuld!« Und *er* war schlagartig weg. Mein Bauch entspannte sich. *Er* hinterließ noch einen kleinen Schmerz, aber das waren nur die üblichen Nachwehen. Mein Vater hatte mich gerettet. Es kam mir so vor, als hätte er mir das Leben gerettet. Zumindest für den Augenblick. Einfach, indem er bei mir und ich nicht allein war.

15. Kapitel

Mit mir hat mein Vater nie darüber gesprochen, aber meine Mutter erzählte mir irgendwann, dass mein Vater von einem Onkel recht viel Geld geerbt hatte. Schule und Universität hielt mein Vater anscheinend für Zeitverschwendung. Meine Mutter deutete sein Verhalten so, dass er sie als notwendiges Übel betrachtete, aber sie so schnell wie möglich hinter sich bringen wollte. Mit fast achtzehn Jahren machte er Abitur, mit dreiundzwanzig beendete er sein Jura-Studium, zwei Jahre später hatte er auch das zweite Staatsexamen in der Tasche und für ihn kam es laut meiner Mutter – trotz Versuchen seiner Eltern, ihm gut zuzureden – niemals infrage, einen Job als Angestellter anzunehmen. Und so gründete er eine Firma, steckte sein ganzes Geld hinein. Kämpfte jahrelang jeden Tag mit meiner Mutter an seiner Seite für diese Firma. Und verlor. Er verlor alles, das gesamte Erbe seines Lieblingsonkels.

Als meine Mutter mir dies erzählte, glaubte ich, den Grund für die Traurigkeit meines Vaters gefunden zu haben. Ich dachte: na klar! Wer so etwas erleben muss, wer so viel Geld verliert, Geld, das er nicht selbst verdient, sondern eher als Verpflichtung bekommen hat, der wird zwangsläufig nachdenklich, traurig und depressiv! Aber meine Mutter schüttelte den Kopf. Nein, das war es nicht. Da war etwas anderes. Etwas, das nicht mit einem beruflichen Scheitern oder dem Verlust von Geld zu erklären war. Das Scheitern seiner Firma war laut meiner Mutter eher zwangsläufig. Weil mein Vater dieses Scheitern aus tiefstem Herzen suchte.

»Er wollte scheitern«, behauptete sie ernsthaft.

16. Kapitel

Diese zwei Stunden Schlaf retteten mir den Tag und uns beiden wohl unseren gemeinsamen Trip. Ich glaube, wäre *er* nach meinem Zusammenbruch nicht umgehend weg gewesen und hätte ich danach nicht noch diese zwei Stunden geschlafen, dann hätte ich schon nach dem ersten Abend aufgegeben. Ich wäre mit hundertachtzig Sachen zurück nach Hamburg gefahren und hätte mich in Lissys Arme geworfen, die mich dann, wie immer, besorgt und vollkommen ratlos getröstet hätte wie eine Mutter ihr Kind. Und in solchen Momenten fühlte ich mich dann auch immer wie ein kleines Kind. Unfähig, in der Welt zu bestehen, alleingelassen von meinen Eltern, meinen Freunden, der ganzen Welt. Auf der Suche nach jemandem, der mich rettete, der mich herausriss aus dem schwarzen Loch, aus dem Versteck, aus dem Gefängnis. Unfähig, mich selbst zu retten.

Doch die Hand meines Vaters auf meiner Schulter und seine Worte hatten Dämme gebrochen. Mein Vater gestand mir beim Frühstück, dass er nach dem Vorfall kein Auge mehr hatte zumachen können, weil seine Blase ihn ärgerte. Ich aber wachte auf und fühlte mich einigermaßen erholt. Und für meinen Vater war es kein

Problem. Diesen unruhigen, immer wieder unterbrochenen Schlaf war er schon gewohnt. Mit recht guter Laune fanden wir uns am Frühstückstisch wieder, schweigend, beide überrascht, wie gut das Frühstück in der Pension ›Fatima‹ war. Normalerweise war ich nach *seinem* Besuch meist stunden-, teilweise sogar tagelang gerädert und gezeichnet. Es dauerte etwas, bis mein Körper und vor allem mein Geist diese Attacken verarbeitet hatten. Heute dagegen ging es mir gar nicht so schlecht. Vielleicht lag es auch daran, dass mein Vater den Anstand hatte, auf weitere Nachfragen zu verzichten. Ich hatte mich schon darauf vorbereitet, jetzt einem Verhör unterzogen zu werden, aber mein Vater schien nicht über meinen Zusammenbruch reden zu wollen. *Typisch*, dachte ich ein wenig ernüchtert. Mein Vater würde sich eben nicht so einfach ändern.

»Und?«, durchbrach ich unser einvernehmliches Kauen und Schweigen. »Wo geht's heute hin?« Ich schaute meinen Vater an, doch sein Blick wich mir aus. Ich hatte das Gefühl, dass er mir die Entscheidung lieber selbst überlassen wollte.

Diese Vermutung bestätigte er, als er sagte: »Keine Ahnung. Ku'damm? Alex? 'ne Bootsfahrt über die Spree?« Ich schüttelte ein wenig genervt den Kopf. Er ergänzte: »Im Osten kenne ich mich nicht aus. Tschuldige bitte, da kann ich dir nichts zeigen.« Das hatte ich nicht gemeint. Mein Plan in Berlin war sicherlich nicht, Sightseeing zu machen. Oder den Osten kennenzulernen, den ich im Übrigen durch meine Besuche hier wahrscheinlich deutlich besser kannte als er. Nein, ich wollte etwas über meinen Vater erfahren. Und über mich. Und vielleicht über *ihn*, meinen Mitbewohner.

»Nein, Papa, das meine ich nicht. Ich habe das alles schon gesehen. Ich kenne Berlin ein wenig. Aber ich kenne dich nicht. Deine Kindheit nicht, deine Jugend nicht. So etwas wie gestern, als du mir von der Jugendbande erzählt hast, in der du Mitglied warst. Da muss es doch noch mehr geben. Schließlich bist du hier geboren!«

»Ich habe deine Mutter hier kennengelernt«, schoss es plötzlich und unerwartet aus ihm heraus.

»Du hast Mama *hier* kennengelernt?« Ich ließ mich erstaunt zurück an die Stuhllehne fallen. Das konnte nicht sein. Zeit meines Lebens war ich der Meinung gewesen, dass meine Eltern sich sowohl in Hamburg kennengelernt als auch in Hamburg verlobt und auch dort geheiratet hatten. Meine Mutter war Hamburgerin, mein Vater von Berlin nach Hamburg gezogen. »Ich dachte, das war in Hamburg?« Mein Vater rührte in seinem Kaffee, war plötzlich merkwürdig bedrückt. Offenbar lag es nicht an meinem mangelnden Interesse oder der fehlenden Nachfrage, dass ich das nicht gewusst hatte – sondern es handelte sich tatsächlich um ein Geheimnis.

Er schüttelte den Kopf und murmelte fast unhörbar: »Nein. Das war in Berlin.« Ich wollte nachfragen, ihn zur Rede stellen, hatte aber auch keine Geschichten meiner Eltern parat, die seiner Aussage explizit widersprachen. Offenbar gründete mein Bild meiner Eltern eher auf meinen Gedanken und Geschichten als auf ihren Erzählungen. Ich konnte meine Gedanken so schnell nicht sortieren und da unterbrach mein Vater derlei Versuche, indem er aufstand, schnell, entschlossen und mit einem Lächeln im Gesicht. »Komm mit! Was soll's? Ich zeig dir was.« Ich schaute ihn an, war immer noch perplex über die falsche Erzählung in meinem Kopf. Wie ferngesteuert folgte ich ihm. Mein Vater ging zur Wirtin, zahlte die Rechnung und zeigte zur Treppe nach oben, wo sich unser Zimmer befand. »Los. Packen. Wir haben einiges vor.« Offenbar hatte mein Zusammenbruch etwas in ihm ausgelöst, hatte ihn beschäftigt. Er schien sich verantwortlich zu fühlen, mich als Vater zu beschützen. Sein Ton war ein anderer als gestern und er sah mich anders an. Ich fühlte mich, als wäre ich wieder zehn Jahre alt.

Als ich wenig später mit ihm im Auto saß, den Motor startete und die Hände ans Lenkrad legte, sah ich ihn fragend und fordernd an. »Und? Wohin geht's?«

»Fahr mal nach Westen. Ich sag dir, wo es langgeht. Erst mal über den Kotti, dann durch Tiergarten nach Wilmersdorf.«

»Wilmersdorf?« Das kannte ich nicht. Aber wie sollte ich auch alle Stadtteile dieser riesengroßen Stadt kennen?

»Beim Ku'damm. Ich sag schon, wie du fahren sollst.«

»Aber sag vorm Abbiegen bitte immer rechtzeitig Bescheid. Der Verkehr hier macht mich verrückt.«

Mein Vater lachte auf. »Tja, wer in Berlin den Führerschein gemacht hat, ist gewappnet für jede Schweinerei auf Deutschlands Straßen.« Ich schüttelte mit einem gequälten Lächeln den Kopf und fuhr los.

Die Fahrt dauerte ewig. Wir schoben uns zwischen den Automassen, verrückten Fahrradfahrern und lebensmüden Fußgängern hindurch. Es war unerträglich heiß, die Sonne brannte schon zu dieser frühen Stunde auf Oscars Dach, dessen alte Lüftung gegen die Hitze keine Chance hatte. Dementsprechend hatten wir die Fenster heruntergelassen und ein mir unbekannter Duft strömte ins Auto: ein Gemisch aus exotischem Essen, Autoabgasen und aufgeheiztem Beton. Arabische Musik dröhnte aus anderen Autos. An jeder Ampel drängelten sich aufdringliche Fensterputzer ans Auto. Ich war völlig überfordert, gab anfangs sogar noch einige Euros und ließ die Prozedur über mich ergehen, bis mein Vater mich anraunzte, ob ich denn jedem Nepper hier Geld geben wolle. Mein Magen verkrampfte sich, ich fühlte mich ertappt, unbehaglich. Wie schön idyllisch war doch meine Heimatstadt Hamburg! Doch ich konnte auch nicht abstreiten, dass ich Berlin reizvoll fand. Vielleicht war es der Reiz der Sünde. Des Unperfekten, Unvollständigen. Als ich die vielen Menschen unterschiedlichster Herkunft in bunten Klamotten und abgetragenen Sandalen sah, denen es offenbar gleichgültig war, was die Welt von ihnen hielt, als ich die vielen Lokale sah, mit Küchen aus allen Ecken der Welt, als ich überall die Baukräne sah und auf unserer Fahrt immer wieder Neues an der Stadt entdeckte, da kam mir mein Hamburg auf einmal merkwürdig alt vor. Alt und steif. Und klein.

»Jetzt musst du den Ku'damm rein.« Mein Vater unterbrach meine merkwürdigen Gedanken – wieso war mir Hamburg plötzlich so fremd? – und deutete nach links. Rechts lag der Zoo, dahinter kam der Bahnhof. Wie häufig hatte ich in der Schule vom sündigen Westberlin und dem Bahnhof Zoo gehört? Mich hatten diese Geschichten immer interessiert. Dieses Ausbrechen aus den Konventionen. Dieses Brechen der Regeln. Dieser Absturz.

Langsam fuhr ich den Ku'damm hinunter. Ich schaute meinen Vater an und sah, dass er immer aufgeregter wurde. Offenbar waren wir bald am Ziel. Er wurde redseliger.

»Herrlich, dieser Ku'damm. Die schönste Straße der Welt.« Ich erkannte Seiten an meinem Vater, die ich noch nie zuvor gesehen hatte. Noch nie hatte ich ihn so emotional erlebt, schon gar nicht, wenn es um bestimmte Orte ging. In Hamburg konnte keine Straße, kein Platz, kein Gewässer solche Gefühlsregungen bei ihm hervorzaubern, wie ich es jetzt beim Ku'damm erlebte. Ich konnte aber nicht abstreiten, dass dieser Boulevard etwas Besonderes hatte. Bisher war es mir immer so vorgekommen, als ob alle Einkaufsstraßen in Großstädten gleich aussahen. Mit denselben Geschäften, denselben Fassaden und denselben Menschen. Der Ku'damm war in der Tat außergewöhnlich. Breit, prächtig, anziehend.

»Wie sich hier alles verändert hat...« Mein Vater reckte seinen Kopf in alle Richtungen und kniff die Augen zusammen, als wollte er jeden Zentimeter genau inspizieren. Er schien hier früher oft gewesen zu sein. Wild zeigte er auf Häuser und murmelte vor sich hin.

Plötzlich fuchtelte er herum, rief: »Stopp, hier links hinein!« Vor Schreck trat ich ein wenig zu stark auf die Bremse und die Autos hinter uns hupten ärgerlich und die Fahrer zeigten mir, was sie von meiner Fahrkunst hielten. In Berlin galt es nicht als Entschuldigung, dass ich mit einem auswärtigen Kennzeichen herumfuhr. Ich hob entschuldigend die Hand und bog links ab, in eine extrem enge Kopfsteinpflasterstraße. Wie ärgerlich war es doch, dass in Hamburg mittlerweile fast alle Kopfsteinpflasterstraßen abgeschafft worden waren! Angeblich waren sie in der Instandhaltung zu aufwendig und für die Anwohner zu laut. Ich fand dagegen, dass gerade diese Straßen ein besonderes Flair entfalteten.

»Hier kannst du mal einen Parkplatz suchen.« Mein Vater hatte gut reden. Hier parkte ein Auto neben dem anderen, alles stand dicht an dicht. Jeder schien hier parken zu wollen.

Die Sonne verschwand hinter den herrschaftlichen Altbauten, die mindestens fünf Stockwerke hoch aneinandergereiht standen, teilweise noch unsaniert, meist aber herausgeputzt. Ich sah vor mir eine wunderschöne große Backsteinkirche, davor einen bezaubernd angelegten Garten mit bunten Blumen, einem kleinen Brunnen an der Stirnseite und mehreren Bänken am Rand, auf denen sich abwechselnd ältere Leute, junge Mütter mit ihren Kindern und Penner ausruhten. An allen Häuserecken befanden sich Restaurants, Bars und Eiscafés. Ich bog auf Anweisung meines Vaters links ab, wir ließen die Kirche rechts hinter uns und vor uns lag ein zauberhafter, mit alten Kastanien bepflanzter Platz, auf dem Menschen flanierten und Kinder herumtobten, Rollschuh und Skateboard fuhren. Auf dem Platz standen zwei Tischtennisplatten, die rege genutzt wurden. Mehrere Kinder hatten große Decken ausgebreitet und verkauften alte Spielsachen. Ein Einradfahrer drehte zu Musik, die nur er hörte, seine Kreise. Ich musste schmunzeln, als ich diesen Kerl sah, vollkommen mit sich im Einklang und ganz in seiner eigenen Welt. Doch die Menschen hier schienen ihn als einen der ihren zu akzeptieren. Hier akzeptierte man einander. Egal, wie man war und wie man aussah. Direkt hinter der Kirche war ein Spielplatz, auf der anderen Straßenseite ein kleiner Eisladen, dessen Schlange bis auf die Straße reichte. Die Bäume spendeten den Menschen in der Hitze der Großstadt Schatten, eine Berliner Eckkneipe wiederholte das Hertha-Spiel vom Vorabend und einige ältere Herren diskutierten immer noch lebhaft über Taktik und die

Versäumnisse der Profis. Selten hatte ich eine angenehmere Großstadtatmosphäre erlebt als an diesem Platz.

»Das, mein Junge, ist der Ludwigkirchplatz. Der schönste Platz Berlins!« Dabei lächelte er so glücklich und aufgeregt wie ein kleiner Junge. Ich konnte ihm nicht widersprechen, auch wenn ich mich in Berlin gar nicht auskannte. Ich wusste nur, dass wir solche Plätze in Hamburg nicht hatten. Gewiss, Hamburg strotzte vor Schönheit, aber solch einen urbanen Platz hatte Hamburg tatsächlich nicht zu bieten. Vielleicht hätte er auch nicht so recht zu Hamburg gepasst. Ich hatte keine Zeit, intensiver darüber nachzudenken, da direkt vor uns ein Auto ausparkte und ich sofort die Gelegenheit nutzte und die wertvolle Parklücke ansteuerte. Der Porsche summte leise, als ich langsam und vorsichtig in die Lücke fuhr, dann schaltete ich den Motor aus, ich schaute mich um und wusste nicht so recht, was wir hier sollten. Doch der Zauber des Platzes hatte mich bereits gefangen genommen. Ich hatte Lust, auszusteigen und mich umzuschauen, vielleicht einen Kaffee zu trinken.

Ich blickte meinen Vater an und fragte ihn: »Und nun?« Auch er hielt ein paar Sekunden inne. Wir parkten direkt neben der Kirche unter einer großen Kastanie. Ein Zigarrenladen lag auf der anderen Straßenseite, daneben die typische Berliner Eckkneipe. Eisessende Kinder gingen vorbei.

Er zögerte kurz, doch dann gab er sich einen Ruck. »Komm. Ich muss meine Tabletten nehmen. Dringend. Und dafür brauche ich etwas zu trinken. Ich brauche jetzt ein leckeres Berliner Bier.«

Ich schaute auf die Uhr an Oscars Armaturenbrett. Elf Uhr. Immer noch Frühstückszeit. »Um die Zeit?« Doch mein Vater lachte nur. Niemals hatte er wirklich Regeln gebrochen, war niemals aus der Reihe getanzt. Jetzt wusste er, dass er genau jetzt, kurz nach elf Uhr, ein Bier trinken wollte. Ich lächelte ihn an. »Okay, dann los.« Wir stiegen aus. »Was ist mit unseren Taschen? Wo schlafen wir?« Doch mein Vater hatte keine Lust mehr zu warten und ging ohne mich Richtung Ludwigkirchplatz.

»Komm. Ich erzähl dir gleich alles.« Zielgerichtet steuerte er ein Restaurant direkt am Platz an, setzte sich an einen der Holztische, die in Reih und Glied auf der Terrasse standen. Es waren sicherlich schon fast fünfundzwanzig Grad. Die Luft stand, kein Luftzug war zu spüren, doch hier war es angenehmer als in Kreuzberg, wo die Sonne ungebremst auf die dicht aneinandergebauten Wohnklötze prallte. Die Bäume spendeten Schatten und eine gewisse Frische gegen die Hitze, die die Häuser und der Beton in den letzten Sommertagen auch hier gespeichert hatten. Ich ließ mich gegenüber von meinem Vater auf eine Bank fallen und atmete tief durch. Welch herrlicher Platz. Was für ein Sommertag. Ich überlegte, ob ich nicht auch einfach ein Bier trinken sollte, entschied mich dann aber für eine Cola. Schließlich ging ich davon aus, dass ich noch fahren musste.

Die Kellnerin, die ein Gesicht machte, als wäre es die größte Zumutung für sie, uns zu bedienen, brachte uns die bestellten Getränke. Ich sah ihr erstaunt hinterher, mein Vater lachte und flüsterte nur. »Normaler Umgang hier.« Aber mir war das alles eigentlich egal. Ich wollte nun endlich Antworten. Für mich war das hier kein Spaß. Meinem Vater war es sicherlich zuzugestehen, dass er seine Krankheit mit allen Auswirkungen einmal vergessen wollte, doch bei mir war sie allgegenwärtig – mit allen Konsequenzen. Es war hier kein normales Wochenende von Vater und Sohn, sondern eine Art Abschiedsreise. Eine Art Klarstellung. Eine Entdeckungsreise, die viel zu spät kam.

»Papa, jetzt raus mit der Sprache. Was machen wir hier und was hat das mit dir zu tun? Du sagtest, du hättest Mama in Berlin kennengelernt und nicht in Hamburg, und dann haben wir Kreuzberg verlassen und sind Hals über Kopf hierhergefahren. Zugegeben, das ist ein wirklich hübscher Ort. Aber was hat es damit auf sich?«

Mein Vater schien meinen fordernden Ton zu überhören und sagte aus dem Zusammenhang gerissen: »Weißt du, früher nannte man das hier den ›Ludwigkiffplatz‹.« Dabei lachte er leise in sich hinein.

Ich spielte das Spiel mit. »Und? Warst du oft hier?«

»Was meinst du, was wir im alten Westberlin für eine Freiheit hatten. Das war ein Sehnsuchtsort für alle, die es in der spießigen Bundesrepublik nicht mehr ausgehalten haben. Hier herrschte eine wunderbare, positive Anarchie.« Wieder einmal war ich erstaunt. Was musste mein Vater früher für ein junger Mann gewesen sein! Voller Lebensfreude und bereit, Regeln zu brechen. Ich fing an, ihn zu bewundern, weil ich tief in mir genau die gleiche Sehnsucht spürte: Regeln zu brechen. Anders zu sein. Sich von den Menschen abzuheben. Mein Vater fuhr fort: »Ja, ich war oft hier. Und da drüben in der Ecke unter den Bäumen, wo es ein bisschen dunkler ist …« Er zeigte auf eine Stelle hinter dem heutigen Spielplatz. »Da haben wir die ein oder andere Tüte geraucht.«

»Papa! Nicht nur ein Gang-Mitglied, sondern auch ein Kiffer?« Ich musste lachen. Mein Vater antwortete nicht und sah mich grinsend an.

»Und Mama auch!«

»Mama?«, rief ich ihm fast donnernd entgegen. Er nickte nur. Da fiel mir ein, dass ich ihn eigentlich etwas ganz anderes gefragt hatte. Ich nahm einen Schluck Cola, setzt mich aufrecht hin und versuchte, wieder ernst zu werden. »Also: Was war mit Mama? Du warst mit ihr hier?«

Mein Vater räusperte sich, rutschte ein wenig auf seinem Stuhl herum und atmete noch einmal tief durch. »Hier habe ich deine Mutter kennengelernt. Genau an diesem Ort.« Er zeigte auf den Platz, auf dem Menschen liefen und Kinder spielten. »1975 war das. Damals war der Platz noch nicht für Autos gesperrt, da ging eine Straße durch. Den Park müssen sie später angelegt haben, aber der Zauber war schon damals vorhanden. Hier war ein angesagtes Ausgehviertel im alten Westberlin. Die Pariser Straße war in der ganzen Stadt bekannt. Der Ku'damm nicht weit, viele kleine Bars, hier traf man sich als junger Mensch.«

»Aber ich dachte, Mama stammt aus Hamburg?«

»Tut sie ja auch, aber sie war hier zu Besuch. Mit Freunden, Westberlin erkunden. Wir nannten die aus dem Westen alle Wessis. Heutzutage heißt das ja etwas ganz anderes. Wir hier in Berlin gehörten irgendwie nirgendwo richtig dazu. Natürlich war die DDR die Bedrohung, doch zu Westdeutschland fühlten wir uns auch nicht richtig zugehörig.« Nicht zugehörig. Allein bei diesen Worten wurde ich hellhörig. Mein Vater fuhr fort: »Wir waren hier unter uns. Klar kam Besuch, aber man spürte schon, dass die von da drüben, aus dem Westen, anders waren.« Ich hörte gebannt zu. So viele Wörter hatte mein Vater mit mir noch nie an einem Stück über seine Vergangenheit gesprochen. »Es war ein Freitagabend, dort drüben im ›Kuchel Eck‹. Das gab es damals schon, gibt es schon seit über hundert Jahren. Ich stand mit zwei Freunden an der Theke, trank mein Pils und da kam deine Mutter mit einer Freundin herein. Und es war um mich geschehen. Wir verbrachten den ganzen Abend zusammen, tauschten Nummern und Adressen aus und ich brachte sie dann zu Fuß zu ihrem Hotel am Savignyplatz. Sie gab mir einen Kuss auf die Wange und ich wusste, mit der Frau wollte ich den Rest meines Lebens verbringen.« Mein Vater schaute verträumt zum ›Kuchel Eck‹ hinüber und lächelte sanft. Ich war irritiert über so viel Gefühl bei meinem Vater. Es war mir nicht direkt unangenehm, aber ich wollte doch lieber, dass er weiterredete, als in Erinnerungen zu schwelgen. Immer noch fiel es mir schwer, ihn so emotional zu sehen.

»Und dann?«

»Sie fuhr nach Hamburg zurück, wir schrieben und telefonierten und kurze Zeit später besuchten wir uns wieder. Ich kam mal nach Hamburg, sie kam immer wieder mal nach Berlin.« Er trank einen Schluck Pils. »Und dann waren wir ein Paar. Sie mit dreiundzwanzig, ich mit fünfundzwanzig.«

»Okay, das wusste ich ja. Aber wieso hier? Ich dachte, ihr hättet euch in Hamburg kennengelernt?«

»Nein, das war hier.«

Ich schüttelte den Kopf. Ich verstand es immer noch nicht. Hatte ich nie wirklich zugehört? Hatte ich da immer etwas falsch verstanden? Ich hätte am liebsten Finn angerufen, um mir meine Erinnerung bestätigen zu lassen, aber ich verwarf den Gedanken sofort wieder. Finn hatte sicherlich weiterhin keine Lust auf das alles hier. Außerdem klangen seine respektlosen Worte immer noch bei mir nach. »Und dann bist du nach Hamburg zu ihr gezogen?« Es war ja eigentlich egal, wo sie sich kennengelernt hatten, vielleicht hatte ich einfach etwas durcheinandergebracht; aber irgendetwas sagte mir, dass mein Vater nicht nur deswegen mit mir hierhergefahren war. Ich hatte das Gefühl, dass er fast erleichtert war, als er weiterreden durfte. Dass er noch mehr preisgeben wollte.

»Nein.« Er schaute mich an und prüfte meine Reaktion. »Ein halbes Jahr später zog sie nach Berlin. Wir suchten uns eine kleine Wohnung in der Sächsischen Straße.« Er zeigte Richtung Kirche. »Gleich dahinten.«

»Ihr habt hier in Berlin zusammengewohnt?« Ich wurde beinahe laut, weil mir jetzt klar wurde, dass ich doch nichts durcheinandergebracht hatte, sondern dass mein Vater offenbar dabei war, ein Geheimnis zu lüften. »Ich dachte, ihr habt in Eimsbüttel gewohnt. In der Weidenallee? Da, wo Onkel Albert und Opa ihre Mietshäuser hatten!«

Mein Vater schaute auf den Tisch, nippte noch einmal an seinem Bier, ohne etwas Merkliches zu trinken, und antwortete leise: »Das kam viel später.« Mein Opa mütterlicherseits war ein wohlhabender Mann gewesen. Während er sich mit meiner Oma aufs Dorf zurückgezogen hatte, kümmerte sich Onkel Albert um die Häuser. Da war der Streit programmiert gewesen. Aber auch zwischen Opa und Oma und meinen Eltern musste irgendwann etwas vorgefallen sein, dass sie nicht mehr miteinander sprachen. Im Gegensatz zu den Eltern meines Vaters hatte ich noch eine recht gute Erinnerung an sie. Ich hatte sie als kleines Kind nicht sonderlich gemocht, hatte immer etwas Angst vor ihnen. Sie waren streng und kühl, aber trotzdem fragte ich irgendwann meine Mutter, warum die Beziehung zwischen ihnen so schlecht war. Sie antwortete schlicht: »Es war nicht einfach in der Kindheit.« Und damit war das Thema für mich eigentlich erledigt. Denn keiner wusste so gut wie ich, wie prägend die Kindheit sein kann. Was trug ich heute noch in mir herum, was ich von damals mitgenommen hatte? Wie viele Wunden hatte ich damals erlitten? Meine Eltern waren eigentlich tolle, fast tadellose Eltern, wahrscheinlich ganz anders als ihre eigenen, aber trotzdem hatte auch ich Erfahrungen gemacht, in der Schule, beim Sport oder einfach in der Stadt, die man dann als Erwachsener immer noch mit sich herumträgt. Ob *er* deshalb auch immer wieder zu mir kam? Mir erschloss sich der Zusammenhang einfach nicht. Noch nicht.

»Wann später?« Ich versuchte, mich abzulenken.

»Jahre später. Als wir aus Berlin weg sind.«

»Ihr habt hier lange gewohnt?« Es wurde immer abenteuerlicher. Ich beugte mich vor, zu ihm hin, und fixierte ihn, mittlerweile ein wenig säuerlich. Ich fühlte mich betrogen. Ich konnte gar nicht so recht sagen, wieso, aber aus irgendwelchen Gründen war mir meine Kindheitsgeschichte heilig. Bei allem, was mich quälte, hatte es sich immer so angefühlt, als ob ich eine gute, behütete Kindheit gehabt hätte. Und daran wollte ich auch weiter glauben können.

Für ein paar Sekunden schaute er mir in die Augen, schwieg, ich spürte, dass er etwas auf dem Herzen hatte. Dann fachte er meine Wut noch weiter an. Mit einem einzigen Satz. »Du hast hier auch mit uns gewohnt, du bist auch ein Berliner«, sagte er.

Ich sank zurück in meinen Stuhl. Ich war ein Berliner? Was meinte er damit? Ich wurde in Hamburg geboren und hatte immer in Hamburg gelebt! Das konnte nicht sein. Mein Vater war verrückt geworden. Das mussten die Medikamente sein. Und das Bier! Ganz klar! Schließlich hatte ich es ja schriftlich. Ich kramte in meiner Tasche, holte mein Portemonnaie heraus, zückte meinen Personalausweis und tippte aggressiv und fordernd auf die Vorderseite: »Hier Papa. Hier. Was steht da? Du spinnst! Was soll das? Was willst du mir erzählen? Hier steht: ›Geburtsort: Hamburg!‹« Er schaute nur sanftmütig auf den Ausweis, wusste eh schon, was er antworten würde. Und ich begriff gar nicht so recht, warum ich so wütend wurde. Wieso ließ ich mich davon so einfangen? Warum hörte ich ihm nicht einfach zu? Nur weil er irgendetwas erzählte, was ich noch nicht gewusst hatte? Inwiefern sollte er mich betrogen haben? War da ein Teil von mir, der es vielleicht schon immer geahnt hatte, dass an der bisherigen Kindheitsgeschichte einiges nicht stimmte? Hatte ich es vielleicht immer ignoriert? Und dieser Teil brach nun aus mir heraus und projizierte sich auf meinen armen todkranken Vater? Auf der anderen Seite war ich einfach nur wütend. Und mein Vater schien noch mehr Wahrheiten auf Lager zu haben. Ich war wütend, weil es keinen, absolut keinen Grund dafür gab, dass meine Eltern mir über diese Zeit bisher immer Lügengeschichten erzählt hatten. Was ist an Berlin so schlimm? Wieso standen sie nicht dazu, dass es eine solche Vergangenheit gab? Warum taten sie das? Wegen meiner Großeltern? Ich ließ nicht locker. Bevor mein Vater antworten konnte, griff ich ihn noch einmal an und fragte: »Und Finn? Der kommt wohl auch aus Berlin?«

»Der kommt aus Hamburg.«

»Ach was.« Ich schüttelte den Kopf. In mir kochte es. Klar, bei Finn haben sie die Wahrheit erzählt. Bei ihm ist immer alles korrekt und wunderbar.

»Mit Finn ist es etwas anderes. Er …«

Ich unterbrach ihn harsch. Ich wollte jetzt nichts von meinem Bruder hören. »Ich glaube dir kein Wort. Ich glaube, dass es ein Fehler war, nach Berlin zu fahren. Wir sollten zurück nach Hamburg. Du brauchst deinen Arzt, deine Medikamente. Und dann trinkst du auch noch Bier.« Ganz klar. Es musste das Bier sein.

»Ich glaube, es war genau richtig zu fahren.« Er sah mich sanft an. Beichtend. Liebend. Und ein wenig entschuldigend. Er ergriff mich mit seinem Blick, ich spürte eine Traurigkeit in mir, der Zorn schwand. Als stünde ich vor einem Tor, das ich schon lange gesucht hatte. Ich schaute ihm in die Augen, er wich mir nicht aus. Die Wut kämpfte gegen meine Traurigkeit an. Ich wollte die Wahrheit!

»Und wieso habe ich bitte in Berlin gelebt, wenn in meinem Ausweis Hamburg als Geburtsort steht?«

Mein Vater sah, dass ich ihn diesmal antworten ließ, und sagte: »Wir waren gerade bei deinen Großeltern zu Besuch, als die Wehen einsetzten. Es war keine Zeit mehr, nach Berlin ins Krankenhaus, nach Westend, wo du eigentlich geboren werden solltest, zurückzufahren, und so wurdest du tatsächlich in Hamburg entbunden. Aber drei Tage später ging es zurück nach Berlin.«

»Aha.« Das war eine Erklärung. »Aber wieso habt ihr dann immer verheimlicht, dass wir in Berlin gewohnt haben?« Während ich das sagte, kam mir eine ganz banale Frage in den Sinn. »Wie lange eigentlich?«

Mein Vater flüsterte jetzt wieder. Er schien betroffen. Ich spürte, dass da noch einiges mehr war, was er mir zu sagen hatte. »Nachdem du geboren wurdest, waren es vier Jahre.« Er senkte den Blick, schien Tränen unterdrücken zu müssen. Und ich verstand gar nichts mehr. Ich verstand meinen Vater nicht, verstand meine Mutter nicht. Und mich nicht. Noch viel weniger als zuvor. Ich war also kein echter Hamburger, worauf ich mir so viel eingebildet hatte? Die einzige Kategorie, in die ich mich mit Fug und Recht hatte einordnen können? Jetzt fühlte ich mich – obwohl es eigentlich albern war – noch einsamer. Jetzt konnte ich noch nicht einmal sagen, dass ich genau wie meine besten Freunde ein waschechter Hamburger war.

Minutenlang saßen wir stumm an unserem Tisch in einem schönen Restaurant an einem der tollsten Plätze Berlins, die Menschen wirbelten um uns herum, die Kellnerin zog mehrfach grantig ab, weil wir nichts zu essen bestellten und sie quasi ignorierten. Mein Vater und ich waren in einer ganz anderen Welt. Jeder in seinen Gedanken versunken, unsicher, wie es nun weitergehen sollte. Ängstlich, was nun kommen konnte. In mir wuchs in diesen Minuten der Entschluss, unser kleines gemeinsames Vater-Sohn-Projekt abzubrechen. Ich wollte mit meiner Mutter sprechen, sie zur Rede stellen, mich bei Lissy ausheulen, mich mit Finn beratschlagen. Ich wollte alte Fotoalben suchen, blättern und herausfinden, dass mein Vater fantasierte. Doch ich wagte nicht auszusprechen, dass ich eine Rückkehr nach Hamburg für das Vernünftigste hielt. Vielleicht wollte ich es auch nicht aussprechen, weil ich neugierig war, was noch kam. Und vielleicht nicht vernünftig sein wollte.

Das war noch nicht alles, das war mir klar. Ich schaute meinen Vater einen kurzen Moment an. Er sah in sein Pils-Glas, das er nicht mehr anrührte. Wie gerne hätte ich jetzt in seinen Kopf hineingucken können. Er schien sich nun wieder verschlossen zu haben, wollte nichts mehr von sich preisgeben. Ich traute mich nicht, bei ihm weiterzubohren. Ich war es nicht gewohnt, ihn nach seinen Geheimnissen und schon gar nicht nach seinen Gefühlen zu fragen. Dabei schien er, gerade jetzt, sehr einsam und unendlich traurig zu sein. Ich wollte es besser machen als vor ein paar Tagen, als ich ihn nach der Diagnose alleingelassen hatte. Außerdem sah es so aus, als ob seine Nachdenklichkeit in diesem Moment nicht an seiner Diagnose lag. Nein, er schien traurig zu sein, dass er hier mit seinem Sohn saß und nicht wusste, wie er die Geschichte zu Ende erzählen konnte. Vielleicht bereute er auch, nie einen richtigen Zugang zu mir gefunden zu haben. Oder er bedauerte es jetzt schon, mit dem Thema angefangen zu haben.

Ich wollte gerade das Wort ergreifen und ihm die Last abnehmen, vorschlagen, dass wir doch alles vergessen sollten, es doch eh keine Rolle spielte, die Wahrheit über diese paar Jahre nun die Welt nicht verändern würde und es am besten sei, wieder nach Hamburg zu Mama zu fahren, da schreckte er förmlich hoch, als ob er einen Geistesblitz gehabt hätte. Er riss seine Augen weit auf, öffnete den Mund, als wenn er »Ah, ich weiß!« sagen wollte, und grinste mich an.

»Ben, mein Junge, ich will dir etwas zeigen.« Seine Nachdenklichkeit war jetzt wie weggeblasen. Seine Augen funkelten. Offenbar hatte er einen Plan gefasst. Er stand auf, winkte die Kellnerin herbei und zahlte. Als er aufstand, folgte ich ihm widerstrebend. Was hatte er vor? Gleichzeitig war ich erleichtert, dass er die Initiative ergriff.

»Was willst du mir denn zeigen?«

»Wie viel Uhr haben wir es?«

»Kurz nach zwölf.«

»Bestens. Gegen fünfzehn Uhr sollten wir da sein.«

17. Kapitel

Für meine Mutter war meine Geburt offenbar sehr schwer und anstrengend. Es gab Komplikationen, weil ich quer im Bauch lag. Aber trotzdem versuchte sie, mich auf natürlichem Weg zur Welt zu bringen, und hoffte, dass ich mich in ihrem Bauch im letzten Moment noch drehen würde. Die Ärzte hatten ihr geraten, gleich einen Kaiserschnitt zu machen. Doch sie wollte nicht. Sie wollte mich spüren, wollte nicht betäubt sein. Mein Vater sagte mir, er hatte in diesen Momenten nur Angst um meine Mutter. Es dauerte über zwanzig Stunden, meine Mutter kämpfte bis zur Erschöpfung. Sie hatte fast keine Pausen, die Wehen kamen ohne Unterlass. Am Ende sah die Ärztin meinen Vater an und sagte, wenn es in den nächsten zehn Minuten nichts würde, müsste meine Mutter in den OP und sie müsste den Kaiserschnitt durchführen. Mein Vater hat uns mit ergriffener Stimme vor Jahren einmal erzählt, dass er meine Mutter damals anschaute und niemals wieder so einen hilfesuchenden Blick gesehen habe. Niemals wieder fühlte er sich so hilflos wie in diesem Moment. Ich hörte ihm zu und war berührt, weil ich erst da begriff, wie sehr er meine Mutter liebte. Meine Eltern waren im Großen und Ganzen toll zueinander, doch eine Zeit lang stritten sie sich sehr häufig, vor allem, als mein kleiner Bruder noch sehr jung war. Sie stritten so sehr, dass ich manchmal dachte, sie hätten sich nicht mehr lieb. Meine Mutter war die Stimmungsschwankungen meines Vaters offenbar irgendwann leid. Auf der anderen Seite schien sich mein Vater von meiner Mutter nicht mehr unterstützt zu fühlen. Ich kann nicht erklären, was damals zwischen meinen Eltern passierte, aber als ich klein war, sagte meine Mutter einmal einen Satz, den ich mir gemerkt habe: »Weißt du, mein Schatz, Papa ist ein sonderbarer, einzigartiger Mensch. Liebevoll, tiefgründig, mutig, aber vollkommen verloren in irgendetwas, das er sich nicht erklären kann. Er ist der intelligenteste Mensch, den ich je kennengelernt habe. Er hat Schwierigkeiten mit dieser Intelligenz. Weil er spürt, dass er die Welt anders sieht. Er ist dir sehr ähnlich und er liebt dich über alles.« Ich verstand damals natürlich nicht, was sie damit genau meinte, doch was ich verstand, war, dass mein Vater mit mir jemanden gefunden hatte, dem er sich nahe fühlte. Ich kann mich an einige Momente erinnern – bis zuletzt –, in denen wir dasselbe dachten, fühlten und sagten. An Momente, in denen es mir nicht gut ging und ihm dann auch nicht. An Nächte, in denen ich Albträume hatte und er ebenso. Ich weiß nicht, woher das kam, kann es mir nicht erklären und will es mir auch nicht erklären, aber eines weiß ich ganz genau: Mein Vater war jemand, der sich in sich zurückzog, wenn er nicht mehr weiterwusste. Jemand, der floh, wenn er vor Verzweiflung nicht mehr ein und aus wusste, ein einsamer Wolf. Und auf der anderen Seite war er auf der Suche nach Gleichgesinnten, nach Freunden, nach Liebe. Manchmal glaubte ich, dass er sich wirklich hasste. Und ich konnte es einfach nicht verstehen.

18. Kapitel

Die Sonne schien unerbittlich auf die Stadt. Warum war es in Berlin bloß so heiß? Und so unglaublich schneidend trocken? Wahrscheinlich lag es daran, dass die enge Bebauung, der Asphalt, der Beton die Hitze noch mehr als in anderen Städten speicherten. Die wenigen Bäume kamen dagegen nicht an. Gut, Hamburg ist nicht gerade für seine langen Hitzeperioden bekannt und ich muss zugeben, dass ich die Wärme normalerweise genoss, wenn ich in Berlin zu Besuch war. Dass man dort im Sommer oft leicht bekleidet bis tief in die Nacht draußen sitzen konnte. In Hamburg kommt das erfahrungsgemäß seltener vor. An diesen Tagen aber, mit meinem Vater in Berlin, war es selbst mir unangenehm. Oscars alte Lüftung blies immer noch warme Luft ins Auto und natürlich standen wir auf der Stadtautobahn Richtung Norden im Stau. Erbarmungslos schien die Sonne auf das Dach. Meinem Vater rann der Schweiß von der Stirn, mein T-Shirt klebte an den hellbraunen Sitzpolstern. Doch mein Vater sah keineswegs genervt oder gestresst aus. Er sah dem, wo wir nun hinfuhren, mit einer ungeheuren Freude entgegen. Offenbar war dieser Ort ein Ort der Zuversicht, vielleicht wegen etwas, das mit meiner Mutter zu tun hatte, vielleicht auch mit mir, vielleicht hatte er dort mit ihr und mir etwas Besonderes erlebt. Vielleicht lag dort aber auch die Antwort auf meine weiteren Fragen, auf das Geheimnis, warum meine Eltern Finn und mir eine fingierte Geschichte über unsere Kindheit erzählt hatten. Oder vielmehr über meine Kindheit. Finn hatten sie ja offenbar nicht belogen. Und just in diesem Moment, als ich an meinen kleinen Bruder dachte, klingelte das Telefon und er war dran.

»Moin, Finn!«, sagte ich. Mein Vater erwachte aus seiner Sehnsucht und schaute aufgeschreckt zu mir herüber.

»Moin, Ben.« Ich hörte durch das Telefon, dass es im Hintergrund bei Finn unheimlich laut war. Ich verstand ihn fast nicht. »Wie geht's dir? Wollte mich mal melden.« Ich freute mich total über seinen Anruf. Ich wünschte mir insgeheim, dass er jetzt hier wäre, mit uns zusammen, damit ich mit diesen unglaublichen Geschichten meines Vaters nicht allein blieb.

»Mir? Mein Gott, wie geht's dir?« Der Hintergrund wurde noch lauter. Hupen, Motoren, fremde Stimmen in fremder Sprache. »Wo bist du zum Teufel noch mal? Ich verstehe ja fast gar nichts.«

»Ich bin in Indien, in Mumbai. Hier ist es gleich siebzehn Uhr.«

»In Indien?«, schrie ich ins Telefon. Mein Vater kniff die Augen zusammen, Sorgenfalten zeigten sich. Was machte er denn bloß in Indien? Auf der anderen Seite der Welt! Wie sollte er denn im Notfall schnell nach Hause kommen? Komfortzone verlassen. Ja. Aber das kann man doch auch näher dran!

»Ja. Es ist traumhaft hier. So anders. So tolle Menschen.« Ich schwieg. »Ben? Bist du noch dran?«

»Klar. Finn, ich bin mit Papa hier. Willst du ihn mal sprechen?« Mein Vater lächelte gequält. Mein Bruder schwieg ein paar Sekunden.

»Mit Papa? Seid ihr zu Hause?«

»Nein. Wir sind unterwegs. Nur er und ich.« Wieder keine Antwort. Das konnte ja wohl nicht wahr sein. Mein kleiner Bruder würde gefälligst ein paar Sätze mit unserem Vater sprechen können! Was hatte ihn denn dermaßen aus der Bahn geworfen, dass er so schnell so weit fliehen musste? »Finn?«, hakte ich nach.

»Okay, gib ihn mir mal.« Ich reichte meinem Vater das Telefon und versuchte im folgenden Gespräch anhand von Papas Antworten zu erahnen, worüber die beiden sprachen. Aber ich brauchte nicht viel zu erahnen. Finn schien sehr wortkarg zu sein.

»Seit gestern«, sagte mein Vater. – »In Berlin. Und du?« – »Was machst du denn in Indien?« – »Schon gut. Ich frag ja nur. Und wann kommst du nach Hause?« – »Weißt du nicht? Schade.«

Schweigen. Mein Vater schaute mich unsicher an, offenbar wusste er auch nicht, was er zu Finns Selbstfindungstrip zu diesem ungünstigen Zeitpunkt sagen sollte.

»Wir? Wir fahren gerade nach Usedom.« – »Ja, Usedom. Ich will Ben da etwas zeigen. Hätte ich auch dir gerne gezeigt.« – »Schon okay, mein Sohn.« – »Genieß es. Und komm bald wieder.« – »Mach's gut. Bis bald.« – »Tschüss.«

Mein Vater reichte mir das Telefon zurück, ich wollte Finn fragen, ob er denn schon einen Rückflug gebucht hatte, wollte ihm noch einmal ins Gewissen reden, dass er vielleicht doch überlegen sollte, bald wieder nach Hause zu kommen. Dass er es sonst vielleicht irgendwann einmal bereuen würde. Aber Finn hatte schon aufgelegt. Und mein Vater war offenbar nicht sehr unglücklich, dass ich nicht mehr mit Finn sprechen konnte. Er zuckte mit den Schultern, als könnte er kein Wässerchen trüben. Der Verkehr rollte nun wieder. Langsam ließen wir die Stadt hinter uns. Es ging Richtung Norden, zur Ostsee, auf die Insel Usedom. Ich wusste nicht wieso und ich hatte keine Ahnung, warum mein Bruder nach Indien abgehauen war. Frag Mama und Papa, hatte er gesagt. Ich hatte mit mir selbst zu kämpfen gehabt, daher kam es mir jetzt erst wieder in den Sinn, was Finn vor seiner Abreise zu mir gesagt hatte.

»War was mit Finn, bevor er abgereist ist?« Mein Vater schwieg, schaute aus dem Fenster und tat so, als habe er meine Frage nicht gehört. »Papa?«

»Finn ist durcheinander. Gib ihm Zeit.« Gib ihm Zeit, gib ihm Zeit. Und was ist mit mir? Ich schüttelte den Kopf.

»Zeit? Wieso soll ich ihm Zeit geben?«, antwortete ich patzig.

Mein Vater setzte einen entschlossenen und verschlossenen Blick auf. Er wollte nicht darüber sprechen. Kurz danach wurden seine Gesichtszüge wieder ein wenig weicher. Trotzdem machte er mir unmissverständlich klar, dass dies hier nicht der richtige Ort war, darüber zu sprechen. »Ben. Alles zu seiner Zeit. Ich habe Fehler gemacht. Aber Finn ist Finn und du bist du. Jetzt bin ich mit dir hier. Und ich will dir etwas zeigen.« Fehler? Unzufrieden und genervt drehte ich die Musik lauter und trat aufs Gaspedal. Ich hatte jetzt keine Lust mehr auf entspanntes Reisen. Ich wollte am Ziel ankommen und endlich erfahren, was mein Vater mit mir vorhatte.

Wortlos und der Musik lauschend fuhren wir durch das karge Brandenburg. Die Autobahn zog sich hin, wenige Autos waren auf der Straße, es gab keine Abwechslung in der Landschaft. Windräder, Windräder, Windräder. Und ein paar Dörfer zwischendurch. Ich war noch nie auf Usedom gewesen, daher war ich beinahe erschrocken, dass ein Landstrich derart einsam sein kann. Als wir die Autobahn verließen und das letzte Stück über die Landstraße fahren mussten, wurde es immer karger. Pasewalk, Jatznick, Ducherow. Orte mit für mich fremden Namen, menschenleere Straßen und Ortskerne ohne Geschäfte. Verfallene, verlassene Häuser, Schilder mit der Aufschrift ›Zu verkaufen‹ an allen Ecken und Enden. *Die armen Menschen, die hier vergessen werden*, kam es mir in den Sinn.

Plötzlich lachte mein Vater. »Hier hat sich wirklich nichts verändert. Hier ist die Zeit stehen geblieben!« In der Tat standen hier noch Häuser, wie man sie aus der alten DDR kannte: grauer Putz, unsaniert, man roch Braunkohle. Ich fuhr den Porsche mit einer Mischung aus Staunen und Unbehagen. Wenn mein altes Auto hier schlappmachen sollte, wären wir verloren. Hier gab es gar nichts. Doch Oscar hielt durch.

Wir fuhren durch Anklam, bogen nach rechts Richtung Insel ab und überquerten die lang gestreckte Brücke nach Usedom. Ein gruseliges Bild bot sich uns links und rechts der Straße, alte karge Bäume standen tot im Wasser, einige Vögel machten es sich auf den letzten Ästen bequem, eine riesige Moorlandschaft offenbarte sich uns und die Straße führte mitten hindurch, als müsste man Sorge haben, dass sie gleich vom Moor verschluckt würde.

Auch mein Vater war offenbar erstaunt über diesen Anblick. »Das war hier früher alles trocken. Die Bäume lebten noch.« Ich nickte nur stumm und sah eine große Klappbrücke, die wir schnell überquert und dann wieder stabiles Land unter uns hatten.

»Nach Heringsdorf musst du fahren. Da suchen wir uns ein Hotel.« Wieder nickte ich, obwohl ich vollkommen orientierungslos war. Mir behagte dieser Ort nicht, aber: diese Brücke, diese lang gezogene Brücke, mit Klappfunktion. Mir war, als hätte ich sie schon mal überfahren. Mein Vater dirigierte mich über die Insel, zielsicher, als würde er hier jeden Tag fahren. Die Navigations-App auf meinem Smartphone nutzte ich schon gar nicht mehr, vielmehr schaute ich mich immer wieder um. Wir fuhren durch alte sanierte Kurorte, Ferienorte, überall sah es heimelig und nach Urlaub aus. Die einspurige Straße wurde voller und ein wenig später waren wir am Ziel unserer Reise. Ich parkte Oscar auf einem öffentlichen Parkplatz, hier schien sich nun mein Vater auch nicht mehr ganz genau auszukennen.

»Hier hat sich viel verändert«, sagte er nur, als wir ausgestiegen waren, und schaute sich um. Diese alten Häuser, links und rechts der kleinen Straßen, schönste Architektur, fein saniert, weiß verputzt, mit dunklen spitzen Dächern. ›Kaiserbäder‹ stand überall. »Das war damals alles ziemlich verfallen.«

»Meinst du, wir bekommen hier so kurzfristig ein Zimmer?«

Mein Vater nickte und ging zielgerichtet los. Ich sah ein markantes Eckhaus, weiße Wände, schwarze Querbalken, schöne Balkone mit schwarzen gusseisernen Geländern, feinster Stuck, mit einem Fischrestaurant im Erdgeschoss. Rechts und links schlossen sich weitere wunderschöne weiße Häuser mit schwarzen Dächern an, mit Souvenirläden, Restaurants und Cafés. Ich kniff die Augen zusammen. Dieses Haus kam mir bekannt vor. War ich vielleicht doch schon mal hier gewesen? Oder war es nur ein Déjà-vu? Hatte ich es in irgendeiner Doku gesehen? Mein Vater beobachtete mich, sagte aber nichts. Ich drehte mich zur anderen Seite, sah den Strand, ging wie automatisch in die Richtung. Zog mich bloß das Wasser an? Schließlich war ich Hamburger. Als Nordlicht zieht einen jedes Meer an, auch wenn ich vielleicht kein so waschechter Hamburger war, wie ich bisher immer geglaubt hatte. Mein Vater folgte mir mit ein paar Metern Abstand. Ich roch den Duft aus den Restaurants, hörte die Möwen kreischen, ein paar Touristen schlenderten die Promenade entlang. Die Sommerferien waren in fast allen Bundesländern vorbei und daher wurde der Ort offenbar von Rentnern okkupiert. Ich ging den Strandaufgang entlang und sah das Meer, die Wellen plätscherten leise, ruhig, sanft. Eine Eisbude stand auf der rechten Seite. Ich kannte den Weg genau. Ich hatte ganz genau im Kopf, wie ich zum Meer kam. Bevor ich sie sah, wusste ich, dass ich links gleich die Anlegebrücke sehen würde. Ich kannte sie. Ich war sie schon einmal ganz weit hinaus aufs Meer gegangen. Riesengroß war sie gewesen. Und ich war damals nicht allein. Ich kannte es hier. Ich war schon mal hier gewesen. Und ich war mir ganz sicher. Entschlossen drehte ich mich um und sah meinen Vater fordernd an. »Ich war schon mal hier, Papa.«

Er kam auf mich zu und nickte nur. »Ja, du warst schon mal hier. Als kleiner Junge.«

»Wie alt war ich?«

»Vier.« Normalerweise konnte mein Vater das Alter seiner Kinder nicht so gut mit verschiedenen Erinnerungen und Orten verbinden. Meine Mutter lachte ihn jedes Mal aus, wenn wir über alte Zeiten sprachen und er sich wieder mal mächtig verschätzte. Und ausgerechnet hier meinte er, genau zu wissen, dass ich damals vier Jahre alt gewesen war?

»Vier Jahre alt?«, fragte ich noch mal nach. Er nickte bestimmt. »Wieso waren wir hier? Hier war die DDR!«

Mein Vater schaute auf das Meer hinaus, atmete einmal tief durch und fasste sich dann plötzlich an den Bauch. Mit schmerzverzerrtem Gesicht ging er in die Knie.

»Papa!«, rief ich und sprang zu ihm. Ich half ihm hoch und brachte ihn zu einer Bank. Schweiß lief ihm von der Stirn, er war auf einmal sehr blass. »Vielleicht legst du dich jetzt erst einmal hin. Die Fahrt war lang. Hast du deine Tabletten genommen?« Er schüttelte den Kopf. »Vergessen.« Ich stöhnte wütend auf. »Ist nicht so schlimm«, sagte er. »Nehme ich jetzt. Und ja, ich sollte mich ein wenig ausruhen.« Ich hatte das Gefühl, dass es ihm nicht ganz ungelegen kam, sich zu einem Mittagsschlaf zurückziehen und weiteren Wahrheiten ausweichen zu können. Ich hatte jetzt selbst große Lust, mich erst einmal kurz auszustrecken und nicht reden oder zuhören zu müssen, einmal etwas allein zu sein. Langsam gingen wir zum Auto zurück und ich schulterte beide Taschen.

Mein Vater ging voran und nuschelte: »Hier geht's lang.«

»Du weißt schon, wo wir schlafen?«

»Ich wette, das Hotel gibt es noch.« Wir gingen zwei

Straßen im Schneckentempo entlang, wobei ich meinen Vater immer im Blick behielt. Plötzlich rief er: »Hier ist es! Tatsächlich. Es gibt es noch. Und heißt auch noch wie damals.«

Laut las ich vor und lachte in mich hinein: »›Hotel zur Möwe‹. Wie originell.«

»Damals war die Fassade völlig verfallen. Der Putz bröckelte, die Balken schienen bald zusammenzubrechen, es fehlte einfach das Geld, aber Tante Elisabeth hatte es innen zu einer Perle des Ortes gemacht.«

»Tante Elisabeth?«

Mein Vater nickte. »Sie war eine entfernte Verwandte von mir. Ihr gehörte damals das Hotel hier. Bis das Gebäude nach der Wende an irgendwelche Wessis restituiert wurde. Danach starb sie sehr schnell. Das Hotel war ihr Leben.«

»Tante Elisabeth. Tante Lis.«

Mein Vater stoppte vor dem Eingang, schaute mich an und sagte: »Du kannst dich erinnern?«

Erinnern? Keine Ahnung. Ich begann langsam, mich vor der gesamten Situation zu gruseln. Anscheinend war ich schon einmal hier gewesen. Und ich wusste nicht, warum. Ich schien mich an eine Tante Lis erinnern zu können, doch die Erinnerung schlummerte ganz tief in meinem Unterbewusstsein. Und so sehr ich mich anstrengte, es kamen nicht mehr Erinnerungen an die Oberfläche. Es machte mich verrückt. Ich musste mich zwingen, mit diesen Gedanken aufzuhören.

Mein Vater ergänzte: »Da wir hier Verwandte hatten, durften wir als Berliner an diesem Ort einmal im Jahr Urlaub machen. Wir waren häufig hier. Fast jeden Sommer. Erst nachdem deine Mutter in mein Leben getreten war, fuhren wir eher woandershin. Zum Zelten nach Schleswig-Holstein, nach Italien. In die Berge. Nur einmal war ich mit ihr zusammen hier. Und mit dir. Und das war *damals.*«

Wir betraten das Hotel und fragten nach einem Doppelzimmer. Eine halbe Stunde später lag mein Vater schnarchend auf dem Bett, seine Tabletten hatte er genommen, ihm ging es offenbar wieder besser. Ich setzte mich auf den Sessel vor dem Fenster, aus dem man einen wunderschönen Blick auf das Meer hatte. Ich streckte mich, atmete tief durch und schloss die Augen.

19. Kapitel

Plötzlich war es anders. Ich kann mich noch genau daran erinnern, dass mein Vater in diesem besagten Jahr nicht mehr die Augen rollte, nicht mehr rummeckerte und sich nicht mehr in seinem Büro verbarrikadierte, als die alljährliche Frage aufkam, wie und wo wir Weihnachten feiern sollten. Wir hatten bis dahin selten bei uns zu Hause gefeiert. Eher bei Tante Anna oder bei den Eltern meiner Mutter. Ich war damals die Erste, die das Wort in den Mund nahm. Weihnachten. »Ich wünsche mir zu Weihnachten…« Und so weiter. Normalerweise verließ mein Vater immer den Raum, wenn ich und Moritz anfingen, unsere Wünsche aufzuzählen. Wir machten uns irgendwann einen Spaß daraus und zogen unseren Vater damit auf. Und am Ende blieb alles an meiner Mutter hängen. Sie schrieb mit uns die Wunschzettel, ging Geschenke besorgen, packte sie ein und kümmerte sich um die Bescherung. Doch in diesem Jahr sah er mich an, lächelte und fragte: »Das sind aber viele Wünsche auf einmal. Was wünschst du dir denn am meisten?« Ich erinnere mich noch, dass ich so perplex war, dass der Spaß mit den vielen Wünschen nicht mehr funktionierte, dass ich gar nichts sagen konnte und nur irritiert meinen Bruder ansah, der aber sofort einstimmte und seine Wünsche herunterratterte:

Lego-Auto, ferngesteuertes Auto, selbstfahrendes Auto, Matchbox-Auto, Batman-Auto. Ich schaute meine Mutter an, die am Esstisch vor dem Computer saß und neugierig unserer Unterhaltung lauschte, doch sie zuckte nur lächelnd mit den Achseln.

Es war das Jahr, nachdem Opa gestorben war. Ich muss acht gewesen sein. Das Weihnachten davor war sehr traurig, Opa war ein paar Wochen vor Heiligabend gestorben, der Krebs muss schmerzhaft gewesen sein. Zum Schluss ging alles sehr schnell. Eigentlich hatten wir geplant, das erste Mal überhaupt bei meinen Großeltern väterlicherseits zu feiern, gemeinsam mit unseren anderen Großeltern, alle zusammen. Ich weiß noch, dass ich mich tierisch darauf gefreut hatte. Aber dann starb Opa. Und obwohl wir trotzdem bei meiner Oma feierten, war es nicht das Gleiche: Oma weinte viel, mein Vater und mein Onkel Finn mussten sich um sie kümmern und wir Kinder versuchten, uns trotzdem über unsere Geschenke zu freuen. Glücklicherweise waren die Eltern meiner Mutter auch da, die sich wirklich bemühten, alles ein wenig festlich zu machen. Trotzdem habe ich dieses Weihnachtsfest als besonders schlimm in Erinnerung.

Das Jahr danach aber war alles anders und ich habe lange nicht verstanden, warum dies so war. Mein Vater fuhr extra mit uns in die Lüneburger Heide, um einen Baum selbst zu schlagen, anstatt irgendwo einen zu kaufen. Er schmückte mit uns das Haus, beteiligte sich an der alljährlichen Diskussion, was wir essen wollten, und er bestand sogar darauf, dass wir dieses Jahr einmal in die Kirche gingen. Es war das schönste Weihnachten meines Lebens. Niemals wieder habe ich an Weihnachten so ein Glücksgefühl verspürt wie damals, als ich bei meinem

Vater auf dem Schoß saß und wir zusammen mit meinen Geschenken spielten. Er war auf gewisse Weise ein anderer Mensch als die Jahre davor. Später erzählte mir mein Vater, was geschehen war. Zuerst konnte ich die Geschichte gar nicht glauben, aber dann verstand ich meinen Vater besser denn je.

20. Kapitel

Ein Klingeln riss mich aus dem Schlaf. Wo war ich? Wie spät war es? Panisch schaute ich mich um. Ich musste tief und fest geschlafen haben. Durchs Fenster sah ich das Meer, gleichmütig wie eh und je wurde das Wasser an den Strand gespült und zog sich dann wieder zurück. Ich schaute zum Bett. Es war leer. Es dauerte ein paar Sekunden, bis ich mich wieder erinnerte. *Usedom, mein Vater.* Diese kurzen Momente, in denen einem die Wirklichkeit entgleitet, wenn man eben aus einem Tiefschlaf aufgewacht ist – die waren verführerisch. Und konnten verheerend sein, wenn man sich der Wirklichkeit wieder bewusst wurde. *Mein Vater. Er stirbt. Und ich habe nicht mehr viel Zeit mit ihm. Ich muss noch so viel wissen. Wo ist er eigentlich?* Ich sah mich um, fand aber keine Uhr. Die blinkende Anzeige des Fernsehers zeigte 1:21. Das konnte nicht sein, es war ja noch Tag. Ich schaute auf den Strand, sah, dass er bereits tief im Schatten lag, die Sonne ging schräg hinter dem Hotel unter. Es musste schon später Nachmittag sein. *Ich muss lange geschlafen haben.* Mein Nacken schmerzte, ich fühlte mich alles andere als erholt. Kein Wunder, bei diesem Sessel. Der war nicht zum Schlafen geeignet. Es klingelte wieder. Ich suchte mein Smartphone, schaute auf die Anzeige: Mama. Ich wusste nicht, ob es richtig war, ans Telefon zu gehen, war noch müde, gerädert, halb im Schlaf, ich hatte nicht die allerbeste Laune und wusste nicht, wo mein Vater war. Ich merkte, wie sehr ich Lissy und die Kinder vermisste. Ich wollte mit Maja kuscheln. Und mit Moritz Auto spielen. Wollte keine Wahrheiten mehr hören, nicht mehr Detektiv in meinem eigenen Leben spielen. Wollte in meine kleine Welt zurück. Wollte zu Lissy zurück.

Dann ging ich ran. »Mama?«, sagte ich ein wenig genervt.

»Hallo, Ben, mein Junge.« Ich ging mit dem Telefon zur Hotelzimmertür, schaute in den Flur, aber mein Vater war nicht zu sehen. Ich machte mir Sorgen, wollte es meine Mutter aber natürlich nicht merken lassen.

Monoton sprach ich ins Telefon: »Ja, Mama, was gibt es denn? Ich muss hier gleich los.«

»Was es gibt? Wie geht's Papa?«, erwiderte sie ein wenig pikiert. Jetzt sorgte sie sich also doch. Als wir losgefahren waren, hatte sie es nicht für nötig gehalten, sich genau zu erkundigen, was wir vorhatten. Da hatte sie uns Gleichgültigkeit vorgespielt, noch nicht einmal Tschüss gesagt.

»Papa?« Was sollte ich sagen? Ich entschied mich für die halbe Wahrheit. »Papa geht's so weit gut. Er ist gerade ein wenig spazieren.«

»Allein?«, kreischte meine Mutter ins Telefon. Ich spürte, dass sie voller Sorge war. Vielleicht bereute sie es auch, dass sie ihn hatte gehen lassen.

»Ja, Mama, allein. Es geht ihm gut, er vertritt sich nur die Beine.« Doch ich glaubte nicht an meine eigenen Worte, wurde immer nervöser und besorgter. Ich musste schnell hier raus, um meinen Vater zu suchen.

Nicht, dass er irgendwo zusammengebrochen war. Ich war skeptisch, ob es sinnvoll war zu erzählen, wo wir waren, doch nach einer kurzen Pause sagte ich: »Wir sind auf Usedom.« Ich konnte den Schock meiner Mutter förmlich durch das Telefon spüren. Sie hielt den Atem an, sagte nichts. »Mama?«

Mit spitzer Stimme antwortete sie: »Sag deinem Vater bitte, dass er mich sofort anrufen soll, wenn er zurück ist.« Ich antwortete nichts. »Hast du das verstanden? Ich will, dass er *sofort* zurückruft!«

Diese Reaktion irritierte mich nun doch. »Äh, ja, klar. Mach ich, Mama.«

»Tschüss, Ben.« Dann legte sie auf. Ich hielt mein Telefon noch einige Sekunden am Ohr, vergaß, dass sie bereits aufgelegt hatte. Ich verstand ihre Reaktion ebenso wenig wie die Geheimniskrämerei meines Vaters. Ich hatte nicht das Gefühl, dass ihr Verhalten seinen Grund in der Sorge um den Gesundheitszustand meines Vaters hatte. Meine Mutter hatte es offenbar viel mehr schockiert, dass wir nach Usedom gefahren waren. Jetzt reichte es mir. Ich musste meinen Vater finden. Ich musste ihn zur Rede stellen. Ich musste wissen, was hier los war.

Ich nahm die Hotelkarte, sah, dass die zweite weg war. Gut, mein Vater hatte offenbar wenigstens vor, wieder zurückzukommen. Während ich mit meiner Mutter telefoniert hatte, waren mir nämlich ganz ungute Gedanken gekommen: *Er wollte noch einmal hierher. Noch einmal nach Usedom. Vielleicht um Abschied zu nehmen? Nein, er wird nur spazieren sein.* Ich rannte die zwei Stockwerke des Hotels nach unten, hoffte, ihn in der Empfangslobby in der Leseecke zu treffen, aber vergeblich. Es war keiner da. Etwas außer Atem fragte ich die

Empfangsdame: »Ist mein Vater hier vorbeigekommen? Aus Zimmer 121?«

»Ihr Vater?«

»Ja, graue dichte Haare, etwas kleiner als ich, etwas rundlich, aufrechter Gang. Er muss ein blaues Poloshirt angehabt haben.«

»Klar weiß ich, wer Ihr Vater ist. Er hat das Hotel vor ungefähr einer halben Stunde verlassen.«

»Falls er vor mir zurückkommt, sagen Sie ihm bitte, dass er mich vom Hoteltelefon sofort anrufen soll. Hier ist meine Nummer.« Schnell kritzelte ich sie auf ein Blatt Papier. »Vielen Dank!« Dann stürzte ich auf die Straße. Instinktiv rannte ich zum Strand. *Er wird sicherlich am Meer spazieren gehen, nicht durch den Ort schlendern.* Wenn man hier so kurz zu Besuch war, ging man ans Wasser. Seeluft schnuppern. Ich lief eilig den Strandaufgang hoch, wusste erst nicht, ob nach links oder rechts. Die Sonne stand schon tief und die Appartementhäuser an der Strandpromenade warfen lange Schatten auf den Strand. Es war nicht mehr viel los am Wasser, die meisten Touristen suchten sich wohl gerade in einem der vielen Restaurants des Kaiserbades einen Tisch. Es war halb sieben. Ich schaute hektisch in alle Richtungen, sah ihn nicht. Instinktiv rannte ich Richtung Seebrücke, nach links. Mehr und mehr Dinge erkannte ich wieder. Ich sah die Häuser auf der linken Seite hinter dem Deich, erkannte die Böschung, die die Bebauung an der Promenade durchbrach. Ich wusste instinktiv genau, wo ich hinmusste. Ich sah den kleinen Ben rennen. Er rannte mit seinen kleinen Beinen den Strand entlang, ganz allein. Vier Jahre alt. Allein, allein, allein. Der Kleine irrte durch die Gegend, weinte, rief leise: »Mama? Papa?« Es wurde langsam dunkel. Er hatte panische Angst, stolperte, schlug sich das Knie an einem großen Stein auf, der an Land gespült worden war. Instinktiv schaute ich an mir herunter. Ich trug Shorts und sah die Narbe an meinem rechten Knie. Ich hatte mich nie gefragt, woher die kam. *Vom Spielen*, dachte ich immer. Der kleine Ben biss die Zähne zusammen, lief weiter, im Zickzackkurs, immer weiter Richtung Seebrücke. Der Schmerz an seinem Knie war nichts gegen den Schmerz in seinem Herzen. Er wusste, er würde jetzt für immer allein sein. Allein, allein, allein. Ich spürte es genau. Dieses Gefühl brachte mich um. *Er* war schlagartig da. Und *er* wollte mich vernichten. Der kleine Ben sank auf den Boden, weinte hemmungslos. Keiner kam, um ihn zu retten. Plötzlich wusste ich, wohin ich schauen musste. Die Seebrücke war nun fast direkt vor mir. Der kleine Ben sah nach links, auf eine kleine Bank, sah dort zwei Menschen. Eine Frau und einen Mann. »Mama? Papa?«, stammelte er. Der kleine Ben sah sie aufspringen, auf ihn zulaufen.

Ich stoppte. Links lag die Bank vor mir, die Bank von damals. Ich sah meinen Vater träumerisch auf das Wasser blicken. *Er* war schlagartig wieder weg. Ich war vollkommen außer Atem. Ich war gleichermaßen erschöpft wie überwältigt, dass ich hier offenbar an einem ganz besonderen Ort war. Einem Ort meiner Vergangenheit. Aber auch einem Ort, der für mich jetzt von Bedeutung war. Und vielleicht auch für meine Zukunft. Jahrelang hatte ich vergessen, anscheinend vollkommen aus meinem Gedächtnis streichen wollen, dass ich jemals auf Usedom gewesen war, dass ich als kleiner Junge einmal allein an einem fremden Strand umhergeirrt war. Ich stützte meine Hände auf die Knie, um meine Atmung zu beruhigen.

»Papa, da bist du ja«, sagte ich stockend, außer Atem.

Jetzt erst bemerkte er mich. Er musste vollkommen in Gedanken gewesen sein. »Ach, hallo, Ben. Schön, dass du da bist!« Seine Augen glänzten, er war guter Dinge. Ich sah alles andere als einen lebensmüden, todkranken Mann. Eher jemanden, der die gute Luft genoss und dabei war, mit sich ins Reine zu kommen.

»Papa, hast du deine Tabletten genommen?«

»Papperlapapp, Tabletten, alles genommen. Komm, setz dich.«

Immer noch außer Atem setzte ich mich neben ihn und sackte vor Erschöpfung zusammen.

»Ich glaube, ich muss jetzt mal etwas erklären.«

Ich lehnte mich zurück und antwortete: »Das glaube ich auch.«

Er begann zu erzählen, und nachdem er einmal begonnen hatte, hörte er gar nicht mehr auf. Und genau wie eben, als ich den rennenden Ben gesehen hatte – panisch, alleingelassen –, spürte ich, während er sprach, den kleinen glücklichen Ben. Der in den Armen seiner Eltern geborgen war, die ihn umarmten. Etwas, das sie lange nicht mehr getan hatten. Ich spürte es genau. Es kam tief aus meinem Herzen. Eine unendliche Ruhe, eine besondere Geborgenheit. Ich saß hier neben meinem Vater und fühlte mich so sicher wie noch nie. Ich sah das Glück in den Augen meines Vaters, als er erzählte, und fühlte die sanften Arme meiner Eltern von damals. Ich hatte meine Eltern wieder, ich hatte meinen Vater wieder.

»Das hier, Ben, war der Ort des Neubeginns. Hier saßen deine Mutter und ich und fanden wieder zu uns.

Es war alles zerstört, alles kaputt. Wir dachten, wir würden nie wieder glücklich werden. Würden niemals mehr lachen. Ich hatte Angst, dass unsere Ehe das alles nicht überleben würde. Dass unsere Familie zerstört würde. Aber schließlich warst du ja da. Dich konnten und durften wir nicht vergessen. Bei allem, was passiert war.« Ich lauschte meinem Vater, ohne genau zu wissen, was das alles zu bedeuten hatte. Doch ich spürte die besondere Magie dieses Ortes. Für unsere Familie schien er ein Ort der Rettung zu sein. Für meine Eltern, für den kleinen Ben. Ich hatte plötzlich das Gefühl, dass ich *ihn* besiegen konnte. Oder mit *ihm* leben könnte. *Ihn* einladen könnte, um *ihn* vielleicht als Freund zu haben. Zumindest nicht mehr als Feind, der mich in Panik versetzte. Schließlich war ich ja nicht mehr allein, ich hatte Menschen, die mich beschützten. Und ich hatte vor allem mich selbst, der mich schützte. Ich hing an den Lippen meines Vaters, ich hätte ihm ewig zuhören können. Ich war nicht mehr allein.

»Wir fuhren hierher, zu Tante Lis, um aus Berlin herauszukommen. Mama und ich hatten eigentlich kein Miteinander mehr, wir redeten nicht mehr, blickten uns nicht mehr an. Ich arbeitete, deine Mutter arbeitete und du bliebst komplett auf der Strecke.« Ich wurde unruhiger, ungeduldiger, mir konnte es jetzt nicht schnell genug gehen. Vielleicht würde ich endlich von meinem Vater die Antworten bekommen, die ich mir erhoffte. Die ich seit vielen, vielen Jahren suchte. »Wir brauchten eine Luftveränderung. Und du brauchtest mal wieder jemanden, der sich um dich kümmert. Liebevoll, meine ich. Nach der ganzen Geschichte …«

»Welche Geschichte?«

Mein Vater ging nicht auf meine Nachfrage ein. »Und Tante Lis war genau die Richtige.« Tante Lis. In mir stieg eine wohlige Emotion auf und ich hatte ein Bild einer älteren Frau vor Augen, das ich aber auch in einem alten Bilderbuch gesehen haben könnte. Wie viel davon war echte Erinnerung? Schließlich war ich noch sehr jung gewesen, doch als mein Vater den Namen auch nur nannte, spürte ich die Wärme, die sich in mir ausbreitete.

Dann wurde die Miene meines Vaters ernster. »Irgendwann kam dieser Abend. Tante Lis hatte wohl viel zu tun, viele Gäste. Deine Mutter und ich hatten uns wieder einmal nur gestritten und du schliefst und schliefst einfach nicht ein. Da haben wir dich zu Tante Lis unten in die Lobby gelegt, auf eine Couch. Sie sollte auf dich aufpassen, während wir versuchten, unseren Streit beizulegen. Aber das gelang uns nicht. Mama rannte schließlich wütend aus dem Hotel, ich hinterher. Du schliefst da schon auf der Couch, Lis war an der Rezeption. Später scheinst du dann aufgewacht zu sein. Bis heute weiß ich nicht, wo Lis war, aber du musst dich in deinem Pyjama herausgeschlichen haben und hast uns gesucht. Hast dich verlaufen. Bist herumgerannt. Bis du uns dann gefunden hast. Hier auf dieser Bank.« Fassungslos schaute ich meinen Vater an. Bis zu dieser Bestätigung hatte ich meine vage Ahnung nicht ganz ernst genommen. Sie war nur eine Art Film, eine Vorstellung, bei der ich mir nicht sicher war, ob sie in der Realität begründet war. Doch jetzt wusste ich: *Es ist tatsächlich passiert.* Das, was ich eben gefühlt hatte, war keine Einbildung gewesen, kein Déjà-vu, sondern eine tief versteckte, verborgene Erinnerung.

Ich hielt ein paar Sekunden inne, bis ich mich wieder etwas gefangen hatte. »Aber warum fühlt sich das hier alles so gut an? Wieso bist du hier so glücklich und wolltest mir diesen Ort zeigen, wenn er ein Ort des Streites, des drohenden Scheiterns eurer Ehe und sogar offenbar eines Traumas von mir als Vierjährigem war?«

Voller Überzeugung antwortete mein Vater: »Weil es genau hier passierte, genau in dem Moment, als deine Mutter und ich dich sahen – allein im Sand, alleingelassen von uns: Als wir das sahen, da fing eine neue Ära an. Wir erkannten, was wir für einen Mist gemacht hatten, dass wir dich vergessen hatten.« Ich schüttelte den Kopf, drückte mir mit den Fingern in die Augen. Die Tränen kamen, ich versuchte, sie zu unterdrücken, ich hielt sie in diesem Moment für unangebracht. Mein Vater stand auf, richtete sich den Hosenbund, atmete tief durch und schaute aufs Meer. »Noch in derselben Nacht beschlossen deine Mutter und ich, Berlin für immer zu verlassen. Die Vergangenheit hinter uns zu lassen. Ein neues Leben anzufangen. In Hamburg. Deine Mutter wollte nie wieder an die Zeit in Berlin denken, nie wieder an unser Haus, an all die schönen Plätze, die uns verbanden. Sie wollte nach Hause. Nach Hamburg. Und ich hielt es ebenfalls für das Richtige.« Ich schluckte. *Da hast du die Erklärung. Jetzt wird es eine einigermaßen nachvollziehbare Geschichte. Daher haben die beiden solch ein Geheimnis daraus gemacht.* Mein Vater fuhr fort: »Mit meinen Eltern hatte ich eh keinen sonderlichen Kontakt mehr, deine Mutter auch nicht, und so sind wir dann kurz nach unserem Urlaub hier Hals über Kopf zu Onkel Albert zum Falkenried nach Hamburg gezogen.« Ich schluckte, stand auf und ging ein paar Schritte auf und ab. Ich spürte, dass mein Vater vollkommen aufrichtig war. Er hatte keinen Grund, mir etwas vorzumachen. Und offenbar auch keine Lust mehr. Er war fast am Ende seiner Reise und wollte mit sich ins Reine kommen. Noch nie hatte ich mich meinem Vater so nah gefühlt wie in diesem Moment. Seine Geschichte war wohl vorerst zu Ende, er stand da und sah mich schweigend an. Ich meinte, ein paar Tränen in seinen Augen zu sehen. Ich wusste nicht, wie ich darauf reagieren sollte, denn noch nie hatte ich meinen Vater weinen sehen.

»Weißt du Papa, ich glaube, ich brauche jetzt etwas zu essen. Und einen Drink.« Ich schlug ihm auf die Schulter, er lächelte mich an und haute mir demonstrativ ebenfalls auf die Schulter. Dann nahm ich ihn in den Arm und drückte ihn kurz und fest. Als wir schweigend den Strand verließen, dachte ich darüber nach, wie ein einfacher Ehestreit so verletzend, so trennend sein konnte, dass sich ein Paar zu einem so drastischen Schritt entschloss; dass dieser Streit nur beigelegt werden konnte, indem man die Stadt verließ und sein altes Leben für immer zurückließ. *Hat ja offenbar funktioniert*, dachte ich. Kurz darauf betraten wir das erstbeste Restaurant.

Kurz bevor mich der Schlaf übermannte, als wir schon im Bett lagen, ich die Augen schon geschlossen hatte und mein Vater bereits selig neben mir schnarchte, konnte ich das Gefühl nicht mehr unterdrücken, dass die Geschichte noch nicht rund war, da noch ein Puzzleteil fehlte. War der Ehestreit meiner Eltern wirklich alles, was dazu geführt hatte, dass sie Hals über Kopf Berlin verließen? Ich hatte es heute Abend nicht mehr ansprechen wollen, hatte es irgendwann auch einfach verdrängt, während wir in fröhlicher Atmosphäre zu Abend aßen.

Doch jetzt, als es so still war, ich das Meer durch das offene Fenster rauschen hörte, da fiel es mir wie Schuppen von den Augen: Das konnte noch nicht alles sein. Warum waren meine Eltern eigentlich so traurig gewesen? Was war so Schlimmes passiert? Aber heute war es spät, zu spät. Das hatte noch Zeit. Zeit bis morgen. Hauptsache, *er* würde nicht kommen. Dann schlief ich ein.

21. Kapitel

Tatsächlich kam *er* nicht. Ich wachte am nächsten Morgen auf und fühlte mich wie neugeboren. Selten habe ich in einem fremden Bett so gut geschlafen wie in dieser Nacht. Und das, obwohl Lissy nicht bei mir war. Fast nie habe ich mich sicherer gefühlt. *Er* ließ sich nirgends blicken. Nicht nach dem Aufwachen, nicht um vier Uhr morgens. Ich musste neun Stunden durchgeschlafen haben.

Als ich ins Badezimmer ging, sah ich, dass mein Vater das Zimmer schon verlassen hatte. Aber dieses Mal lag seine Tasche fertig gepackt neben dem Bett und er hatte einen Zettel auf dem Nachttisch hinterlassen, auf dem stand, dass er schon zum Frühstück hinuntergegangen war. Aber meine Sorge, dass er selbst sein Ende bestimmen wollte, war nach dem gestrigen Abend ohnehin wie weggeblasen. So etwas passte nicht zu ihm. Und außerdem hatte er sich mit mir auf einen Weg gemacht, der anscheinend noch nicht zu Ende war.

Ich fand meinen Vater und setzte mich zu ihm an den Frühstückstisch, er hatte schon Kaffee bestellt, das Büfett sah gut aus und der Saal war relativ leer. Es war gemütlich hier, trotz des DDR-Flairs mit Grau, Grün und Dunkelbraun, das nur selten von modernen oder maritimen Details durchbrochen wurde.

»Morgen, Papa.«

»Morgen, mein Sohn. Na? Gut geschlafen? Hast ja nicht einmal gezuckt.«

»Noch nie so gut geschlafen. Und du?«

»Geht so. Musste immer wieder raus. Verdammte Krankheit.« Verkniffen biss er in sein Brötchen.

»Hast du Schmerzen?«, fragte ich ein wenig besorgt. Er machte einen müden Eindruck und mir schien, als ob er über Nacht gealtert wäre. Ich spürte, dass er mit sich rang, seine Schmerzen unterdrückte. Er wollte mich offenbar nicht beunruhigen, ich merkte aber trotzdem, dass es ihm nicht besonders gut ging.

»Alles halb so wild. Ich muss die Dosis der Tabletten jetzt ein wenig erhöhen. Hat mir der Arzt vor unserer Abfahrt ja empfohlen.« Er fasste sich an den Bauch und rutschte auf seinem Stuhl herum. Wenn er die Dosis erhöhe, würde er auch immer müder werden, hatte der Arzt gesagt. Die Nebenwirkungen der Tabletten hielten sich bisher noch in Grenzen, aber nun würde er nach der Einnahme sicherlich mehr Pausen brauchen. In diesem Moment verstand ich, dass wir auf unserer kleinen Reise nicht mehr ewig Zeit hatten. Er musste langsam wieder nach Hamburg. Zu seinen Ärzten, in sein Haus. Zu seiner Frau. Obwohl es mich eigentlich überforderte, hatte ich zu Hause einmal in der Broschüre für Angehörige von Krebspatienten geblättert und unter anderem gelesen, dass es ab einem gewissen Fortschritt der Krankheit für die Patienten beruhigend ist, in ihrem gewohnten Umfeld zu sein. Das nehme die Angst, hieß es.

Siedend heiß fiel mir ein, dass ich ihm nichts von Mamas Anruf erzählt hatte. Und dass er dringend zurückrufen sollte. Ich fasste mir an die Stirn und sagte: »Papa, das habe ich ja vollkommen vergessen: Du solltest gestern noch Mama zurückrufen! Die hat angerufen!« Doch mein Vater winkte ab.

»Habe gestern, als ich noch mal kurz vor der Tür war, um frische Luft zu schnappen, mit ihr telefoniert. Mach dir keine Sorgen. Ich musste eh mit Mama sprechen. Ich habe ihr erzählt, wo wir sind. Und sie erwähnte, dass ihr schon miteinander gesprochen hattet. Dann habe ich ihr auch gesagt, dass ich dir von dem Abend damals erzählt habe. Und von unserem Neuanfang.«

»Und? Wie hat sie reagiert?« Ich hatte schon die ganze Zeit das Gefühl gehabt, dass meine Mutter die treibende Kraft bei der Verheimlichung gewesen war und nicht mein Vater. Wie er von früher erzählt hatte, von der Zeit des Streits und dem Entschluss, nach Hamburg zu gehen, das hatte sich so angehört, als ob er ihr mit dem Umzug nach Hamburg einen Gefallen getan hatte. Daher war, vor allem bei der aktuellen Laune meiner Mutter, zu befürchten, dass mein Vater wieder Vorwürfe zu hören bekäme und sie ihre Wut ungebremst an ihm auslassen würde. Aber meine Befürchtungen waren wohl unbegründet.

»Alles in Ordnung. Sie findet es gut, was wir hier machen.« Er sah die Skepsis in meinem Gesicht. Ich konnte mir einfach nicht vorstellen, dass sie so entspannt reagiert hatte. »Ganz ehrlich. Und sie findet auch, dass es höchste Zeit ist, alles zu erzählen.« Dann schaute er mir tief in die Augen. »Ben, wir fahren heute nach Berlin zurück. Und dann müssen wir zu Mama. Mama hat auch das Recht, mit dir zu sprechen.«

»Mit mir zu sprechen? Was meint ihr denn eigentlich! Ich verstehe immer noch nichts!« Ich war verzweifelt! Und wütend! Alle waren eingeweiht – Mama wusste etwas, Papa sowieso, und Finn hatte auch schon mehr Informationen als ich. Nur ich blieb mal wieder außen vor. Ich war zwar körperlich ausgeschlafen, aber mental ziemlich erschöpft. Ich verspürte in diesem Moment keinerlei Lust, weitere Abenteuer zu erleben und noch mehr Geheimnisse offenbart zu bekommen. Vor allem nicht häppchenweise, wie mein Vater das hier durchführte. Ich wollte keine ernsten Gespräche mehr führen. Am liebsten wäre es mir gewesen, sofort nach Hamburg zurückzufahren und mich in Lissys Arme fallen zu lassen. Lissy. Allein der Gedanke an sie beruhigte mich ein wenig. Ich beschloss, sie vom Auto aus anzurufen. Ich hatte ihr zwar gestern Abend noch eine kurze Nachricht geschrieben, doch sie fragte sich bestimmt trotzdem, was wir so trieben. Ich hatte nur geschrieben, dass diese Reise unheimlich toll und wichtig für mich sei, wir seien auf Usedom und ich würde ihr alles erzählen, wenn ich wieder zu Hause wäre. Doch als ich diese Zeilen schrieb, konnte ich ja nicht ahnen, was sich mir noch offenbaren würde.

Mein Vater trank den letzten Schluck seines Kaffees aus und sagte: »Komm, lass uns fahren.« Doch er schaute leicht gequält, als er vom Frühstückstisch aufstand.

Auf der Rückfahrt vermieden wir es, ernste Gespräche zu führen. Ich merkte, dass weder ich noch mein Vater dafür weitere Energie hatten. Die Fahrt war für ihn ohnehin anstrengend: Wir mussten mehrfach anhalten, damit er auf die Toilette gehen konnte, dazwischen schlief er immer wieder ein. Vor allem, als ich mit meinen Monologen über die Windkraft, die Energiewende, die zögerliche Politik und die falschen, kleinteiligen Besitzstandsdenkweisen der Menschen vor Ort mal wieder meine Umwelt, sprich meinen Vater, zu nerven begann. Natürlich bemerkte ich, dass er eingeschlafen war, redete mir aber ein, dass es diesmal nicht an meinen Worten, sondern an den Nebenwirkungen der Tabletten lag.

Wenn er einnickte, genoss ich vor allem die Ruhe. Manchmal grübelte ich, was jetzt wohl noch kommen würde. Als ich merkte, dass mein Vater tief und fest schlief, beschloss ich, endlich Lissy anzurufen.

»Hi, Lissy, ich bin's.«

»Hallo, Schatz! Endlich meldest du dich mal!«

»Ja, sorry, wir haben viel zu besprechen hier. Ich muss leise reden. Papa schläft gerade auf dem Beifahrersitz.«

»Wo seid ihr denn jetzt?«

»Wir sind auf dem Rückweg nach Berlin. Er hat gesagt, dass es jetzt nach Schmargendorf geht.«

»Schmargendorf? Wo ist das denn?«

»Bei Charlottenburg.«

»Und was macht ihr dann da?« Ich hatte keine Ahnung. Ich konnte Lissy ja noch gar nichts erzählen, weil wir erst mittendrin waren in der Enthüllung. Das nervte mich, ich hatte keine Lust, über meine Unsicherheit zu sprechen. Daher versuchte ich abzulenken.

»Das weiß ich auch nicht. Ich erzähle dir alles später. Bin ziemlich müde. Wie geht's meiner Mutter?«

»Keine Sorge, ich kümmere mich um sie. Wir waren shoppen und gestern hat sie mit deinem Vater telefoniert. Danach war sie wie ausgewechselt. Die ganze Fassade, die sie seit der Diagnose aufgebaut hatte, fiel ab. Sie weinte und fiel mir in die Arme. Hat gesagt, dass sie doch nicht ohne ihn leben kann. Sag mal, was ist denn da eigentlich los? Sie wollte sich auch gar nicht trösten lassen und später erschien sie mir eher erleichtert als traurig!«

Erleichtert? Ich konnte mir das auch nicht erklären. Ich wollte jetzt aber auch nicht stundenlang mit Lissy spekulieren – auch wenn ich wusste, dass Spekulieren zu ihren Lieblingsbeschäftigungen gehörte. Mein Vater konnte jede Sekunde aufwachen. »Du, keine Ahnung. Lissy, sei nicht böse, wir kommen jetzt gleich nach Berlin rein. Der Verkehr in der Stadt ist der blanke Wahnsinn. Da kann ich jetzt nicht weiter telefonieren, muss mich konzentrieren, okay?« Sie schien ein wenig eingeschnappt, stimmte aber zu und wollte nur noch eines wissen: »Und, sag mal: War *er* wieder bei dir?«

Ich schwieg einen Moment; es war mir seit einiger Zeit unangenehm, mit ihr darüber zu sprechen. Ich befürchtete, dass ihr das Thema und mein Gejammer irgendwann einmal auf die Nerven gehen würden. Am liebsten hätte ich es mit mir selbst ausgemacht, doch wusste ich auch, dass sie ein Anrecht auf eine Antwort hatte, nachdem sie mir so oft beigestanden hatte.

»Erste Nacht ja, gestern nicht.« Mehr wollte ich dazu nicht sagen. Auf die Frage, wann wir eigentlich wiederkommen wollten, hatte ich leider keine Antwort. »Bald. Sehr bald. Gib den Kindern einen Kuss von mir.«

Wenig später wachte mein Vater auf. Es hatte zu regnen begonnen, von der Sonne war hinter den dicken Wolken nichts mehr zu sehen. Man konnte den ausgetrockneten Boden beinahe vor Dankbarkeit schreien hören.

Wir fuhren schon eine halbe Stunde auf der Stadtautobahn, als mein Vater mich Richtung Funkturm leitete und wir an einer Ausfahrt namens Hohenzollerndamm abfuhren. Zielsicher lotste er mich durch enge Bebauung und dichten Verkehr, als wäre er nie weg gewesen. Schließlich zeigte er auf eine winzig kleine

Kirche, die vor einem kleinen Friedhof stand. »Hier ist es. Halt an.« Ich war kein Freund von alten Kirchen, ich konnte diesen Bauwerken selten etwas abgewinnen, doch diese hier war tatsächlich ganz besonders. Sie schien etwas fehl am Platz zu sein. Um sie herum tobte der Verkehr, mehrspurige Straßen führten an ihr vorbei. Sie selbst sah aus, als wäre sie aus einem winzigen Brandenburger Dorf hierher teleportiert worden, als wartete sie nur darauf, dass Kirchgänger ihre Pferdekutschen vor ihr abstellten. Sie hatte einen niedrigen, dunklen Holzturm mit einem recht flachen roten Zeltdach, aus dem eine kupferfarbene Spitze ragte. Das Mauerwerk bestand aus grauen groben Steinen und die Fassade wurde nur durch ein paar winzig kleine Fenster unterbrochen. Das Kirchendach war ebenfalls rot, wie das eines Wohnhauses. Die Kulisse lud zu einer Zeitreise ein. Man fühlte sich um mehrere Jahrhunderte in der Zeit zurückversetzt. Ich parkte Oscar direkt vor dem Friedhof und wir stiegen aus. Mein Vater fasste sich wieder an den Bauch. Mit blassem Gesicht lehnte er sich an das Auto und nahm einen Schluck Wasser mit einer weiteren Tablette. Glücklicherweise hatte der Himmel Einsicht und es hörte auf zu regnen. Langsam gingen wir auf die Kirche zu. Ich konnte mir schon vorstellen, warum mein Vater mich hierherführte. Warum sonst zeigte er mir in Berlin eine alte, kleine, unbekannte Kirche?

Und tatsächlich sagte er: »Hier haben deine Mutter und ich geheiratet.«

Ich nickte und schwieg. Mir wurde klar, dass ich nur ein einziges Hochzeitsfoto meiner Eltern kannte. Es stand bei uns im Haus in Poppenbüttel in der Wohnzimmervitrine. Und auf diesem Foto fand man keinen

Hinweis auf den Ort des Geschehens. Nur meine Eltern in Großaufnahme waren abgebildet. Unsere Eltern hatten nie viel von ihrer Hochzeit erzählt, doch sie hatten immer vorgegeben, in Hamburg geheiratet zu haben. Was war bloß so schlimm, dass sie ihre ganze Hochzeit verleugneten? Mein Vater ging vor und setzte zu einer kleinen Fremdenführer-Tour an. »Das ist die älteste Dorfkirche Berlins. Aus dem 13. Jahrhundert. Und eine der kleinsten.«

Wir betraten die Kirche. Von innen wirkte sie noch kleiner. Links und rechts standen einige schmale dunkelbraune Kirchenbänke. Ein kleines Podest vorne beim Altar ließ nicht mehr viel Platz für Menschen. Die Kirche war eine Augenweide, wirklich etwas ganz Besonderes. Mein Vater flüsterte nun.

»Deine Mutter fand die Kirche so bezaubernd, dass es für sie keine Zweifel mehr gab, dass wir hier heiraten würden.«

Ich musste ihr recht geben. Dies hier war tatsächlich ein Sehnsuchtsort für Romantiker. »Aber warum verschweigt ihr uns das? Bisher hieß es immer, ihr hättet in Hamburg geheiratet.«

»Geduld, Ben. Gleich.« Er setzte sich kurz in eine der hinteren Bänke und begann, ein paar Sekunden innezuhalten. Ich wusste nicht, ob er betete. Er war kein großer Kirchgänger, aber ich wusste, dass er an eine höhere Macht glaubte. Meine Mutter schnitt jegliche Diskussion um Kirche und Gott immer schroff ab. »Es gibt da oben keinen. Punkt. Wie sind sonst so grausame Dinge möglich, wie sie tagtäglich passieren?«

Ich setzte mich neben ihn und dachte nach. Ich war aufgeregt, weil mein Vater jetzt förmlich zum Showdown ansetzte. Er trieb die Spannung in die Höhe. Sicherlich unbewusst, doch ich war zum Bersten gespannt. Unruhig, aufgeregt und dünnhäutig. Ich wusste, dass da noch etwas kommen würde. Meine Eltern mussten etwas Schlimmes erlebt haben. Etwas sehr Schlimmes. Ansonsten wäre das hier alles nicht zu verstehen. Was hatte das bloß mit mir zu tun?

Plötzlich stand mein Vater auf, bekreuzigte sich und winkte mir zu.

»Komm. Jetzt geht's los«, flüsterte er. Wir eilten hinaus.

»Wohin jetzt?«

»Wannsee.«

22. Kapitel

Mein Bruder Moritz hatte als Kind einmal eine kleine Panikattacke. Ich muss etwa sechs Jahre alt gewesen sein, er war also drei, und meine Eltern wollten bei Nachbarn etwas vorbeibringen. Bisher waren wir bei solchen Gelegenheiten immer mitgegangen. Dann mussten wir uns schnell anziehen und uns beeilen, doch dieses Mal wollte ich nicht. Wir durften gerade fernsehen und Moritz und ich waren noch im Pyjama. Ich fand solche Besuche bei Nachbarn immer viel zu langweilig und war der Meinung, dass ich mittlerweile groß genug war, um auf Moritz aufzupassen. Der wollte mir in dieser Zeit alles nachmachen und daher auch lieber zu Hause bleiben. Ich fühlte mich mutig und auch Moritz sah in mir die große Schwester, die ihn beschützen würde. Er war ohnehin von dem Zeichentrickfilm, den wir schauten, dermaßen gefangen, dass er gar nicht so recht verstand, was gerade besprochen wurde.

Meine Eltern schauten sich nur kurz an, grinsten und sagten: »Okay, wenn ihr wollt. Warum nicht? Wir sind in einer Viertelstunde wieder da. Wenn etwas ist, dann nimmst du das Telefon, Maja, und rufst uns an, verstanden? Meine Handynummer hast du im Kopf, oder?« Ich nickte und dann gingen sie los. Zuerst lief alles gut. Doch dann fing Moritz plötzlich an zu weinen. Er wimmerte, er wolle zu Mama und Papa, und als ich ihm sagte, dass das nicht ginge, steigerte er sich so in seine Angst rein, dass er um sich schlug und kreischte. Ich wusste nicht, was ich tun sollte, doch glücklicherweise kamen unsere Eltern bald darauf wieder. Meine Mutter sah den völlig aufgelösten Moritz und stürzte zu ihm. Mein Vater blieb wie angewurzelt stehen und starrte ihn an, mit offenem Mund, geschockt, als hätte er einen Geist gesehen. Ich dachte noch: Warum machen die beiden so ein Theater? Moritz hatte doch nur ein bisschen Angst. Mein Vater war wie gefroren, sagte nichts, blickte nur auf meinen kleinen Bruder. Er machte mir Angst.

»Mama!«, sagte ich. »Was ist mit Papa?« Meine Mutter sah meinen Vater an, Moritz fest im Arm.

»Ben! Alles okay! Ben!«, rief sie ihm zu und wurde dabei immer lauter. Mein Vater reagierte nicht. Ich meinte, ihn etwas murmeln zu hören.

»Ben!«, schrie meine Mutter und mein Vater erwachte aus seiner Starre. Jetzt begann ich, ebenfalls zu weinen, weil ich meinen Vater noch nie so gesehen hatte. Moritz dagegen hörte auf zu heulen, als er das bleiche, schockierte Gesicht unseres Vaters sah. So konnte meine Mutter Moritz recht schnell beruhigen, sie gab ihm ein paar Gummibärchen und bat mich, mit ihm kurz ins Wohnzimmer zu gehen. Danach wandte sie sich zu Papa um. Als mich meine Mutter abends ins Bett brachte, fragte ich sie, was mit Papa los gewesen sei. Sie erzählte mir, dass mein Vater selbst als Kind viele Jahre lang nicht allein zu Hause bleiben konnte, weil er immer Angst hatte, seine Eltern zu verlieren. Sie durften noch nicht einmal ohne ihn einkaufen gehen. Sogar mit zwölf Jahren musste er immer mit

zum Supermarkt, weil er ansonsten in Panik geriet. Deshalb habe ihn Moritz' Anfall heute so mitgenommen.

23. Kapitel

Wannsee. Als mein Vater diesen Ortsnamen aussprach, erhöhte sich mein Pulsschlag. Irgendetwas verband ich mit dem Namen. Lag es an dem grausamsten Kapitel deutscher Geschichte und der Wannseekonferenz? Waren es die großbürgerlichen, protzigen Villen, die einen eher abschreckten als einluden? Während mir der Name durch den Kopf spukte, ging ich zu meinem Vater innerlich auf Distanz. Wannsee. Ich hatte die Bilder von dem riesigen, Ehrfurcht einflößenden Strandbad im Kopf, über das ich einmal eine Dokumentation gesehen hatte, den Kinofilm über die Wannseekonferenz und den See, der größer war als die Alster, das Lied ›Westerland‹ von den Ärzten. Ich spürte eine Abneigung gegen den Ort. Wie der Name schon klang: Wannsee. So hart, so eckig. Wann-See. Am liebsten hätte ich meinem Vater gesagt, dass ich nicht nach Wannsee wollte. Doch ich tat es nicht.

Mein Vater ging mit langsamen Schritten zu Oscar und ich folgte ihm zögerlich. Schweigend stiegen wir ein. Seitdem er unser nächstes Ziel benannt hatte, fühlte ich mich von ihm beobachtet. Wir fuhren eine breite Ausfallstraße Richtung Süden. Die Bebauung wurde lockerer, der Verkehr ruhiger. Die Strecke zog sich in die

Länge, auf diesem Weg konnte man sehen, wie groß Berlin im Gegensatz zu Hamburg war. Oscar schnurrte über den Asphalt, zwischen meinem Vater und mir herrschte Schweigen, nur unterbrochen von den gelegentlichen Richtungsanweisungen meines Vaters. Kurz nachdem wir ein auffälliges Museum mit einem riesigen Rosinenbomber, das mein Vater als das ›Alliierten-Museum‹ identifizierte, hinter uns gelassen hatten, bogen wir rechts ab. Mein Vater schaute sich immer wieder interessiert um und sah sich alle Häuserzeilen, an denen wir vorbeifuhren, genau an. Er sagte nichts, doch er stutzte häufiger. Offenbar hatte sich hier seit damals viel verändert. Wir fuhren und fuhren – mir kam es vor wie eine Ewigkeit. Die Villen wurden größer, schöner. Majestätische Brunnen und alte, verzierte große Häuser zeugten davon, dass wir hier in einer wohlhabenden Gegend waren. Dann überquerten wir die Autobahn und links und rechts lag nun ein Wald. Die Berliner rasten trotz Tempo 50 auf der zweispurigen Straße an mir vorbei. Kurze Zeit später sahen wir den Wannsee. Ich verlangsamte die Fahrt, genervte Berliner überholten mich und einige hupten. Das war mir egal. Der Wannsee. Es war nicht der Name, der mich schaudern ließ, es waren keine Filme, keine Lieder, keine Fotos. Erinnerungen kamen in mir hoch. Ich kannte den Wannsee. Mein Vater schaute mich an. Er schien einerseits unschlüssig, ob er etwas tun oder sagen sollte, andererseits aber auch dankbar, zu sehen, dass in mir etwas passierte. Vielleicht hoffte er, dann nicht so viel selbst reden zu müssen, es nicht selbst aussprechen zu müssen. Langsam, fast im Schritttempo, fuhr ich über die Brücke, die den Kleinen vom Großen Wannsee trennt. Segelschiffe säumten das Ufer. Ich schaute immer wieder über meine rechte Schulter, hatte etwas im Kopf, suchte das Ufer ab, sah den Fähranleger, dahinter große Häuser. Jetzt schlich ich nur noch die Straße entlang. Ein Auto hupte hinter mir, aber ich hatte nur Augen für das Ufer. Doch ich sah es nicht. Ich fand es nicht.

»Fahr mal weiter. Geradeaus. Immer weiter geradeaus.«

Doch ich wollte nicht geradeaus fahren. Ich wollte woandershin. Ich kniff die Augen zusammen, der Regen setzte wieder ein, aber ich schaute nur an meinem Vater vorbei durch das rechte Seitenfenster. Da musste es doch irgendwo sein! Da war es irgendwo! Ich wusste es. Jetzt wusste ich es genau! Ich bremste, schaute in den Rückspiegel, schaute auf den Gegenverkehr. Als nichts kam, gab ich Gas und drehte mit quietschenden Reifen um. Für meinen Vater war die Drehung zu schnell, er fasste nach dem Seitengriff und hielt sich krampfhaft daran fest. Ich gab Gas und fuhr zurück. Da vorne, die Ampel war noch grün, ich wusste jetzt genau, wo ich hinmusste, auch ohne Navigationsgerät, auch ohne meinen Vater. Bei Dunkelgelb bog ich mit quietschenden Reifen links ab, die Fußgänger wichen sorgenvoll zurück. Wieder gab ich Gas, fuhr mittlerweile sicherlich über siebzig. Ich hörte meinen Vater erst murmeln, dann sagte er lauter: »Langsam, mein Sohn.« Ich schaute nach links, ein Haus folgte dem anderen. Eine Villa neben der anderen. Die eine größer als die andere. Protzig, riesengroß. Angsteinflößend. Ich bremste scharf, schlich jetzt nur noch über die Straße. Es konnte nicht mehr weit sein. Mein Vater hielt sich immer noch am Griff fest, jetzt nicht mehr wegen der Fahrt, sondern weil er wusste, wo ich hinwollte. Er wusste es genau. Er hatte mir das hier offenbar ersparen wollen. Das hier war nicht sein Ziel gewesen. Er hatte nicht gedacht, dass ich es noch wusste. Dass ich mich erinnerte, dass es noch in mir war. Er hatte gehofft, ich hätte es vergessen. *Alleinalleinallein.* Ich war allein. Und da war *er.* Von einer Sekunde auf die andere war *er* da. *Er* boxte mir in den Magen, mir wurde speiübel und schwindelig. Noch eine Villa. Und noch eine. Dann hielt ich an. Tränen stiegen mir in die Augen, ich wollte mich übergeben, ich hörte nur noch ein großes Rauschen, nahm meinen Vater nicht mehr wahr, keine Autos, keine Fußgänger. Ich dachte nicht mehr. Ich fühlte nur noch. Und ich fürchtete mich. Ich umfasste meinen Bauch und schaukelte vor und zurück. Ich spannte meinen Bauch an, wollte *ihn* herauspressen. Tränen liefen mir über die Wangen. Da war es; direkt vor mir. In mir. Ich ließ die Arme sinken und öffnete dann langsam die Autotür. Ich hielt den Atem an. Es sah noch genauso aus wie damals. Ein riesiger, gelb verputzter Kasten, mit Fenstern so groß wie Kleinwagen, mit einem imposanten Vorbau, darauf eine Terrasse mit einem gemauerten Geländer. Dort durfte niemals jemand sein, es war verboten, sich dort aufzuhalten. Zumindest für Kinder. Alles war hier verboten. Das Haus musste mindestens zwanzig Meter hoch sein. Drei Altbaustockwerke, durch groben Stuck unterteilt. Es war sicherlich fünfzig Meter lang. Ich sah es und ich erinnerte mich: Es war das größte Haus der Welt. Zumindest für den kleinen Ben. Obwohl eine riesige, nicht einsehbare Mauer das Grundstück begrenzte und das hölzerne, zweiflügelige Tor mindestens drei Meter hoch sein musste, war das Haus so groß, dass man es von der Straße aus sehen konnte. Große, alte Kastanien mit dicken Stämmen verdunkelten das Gelände und das Haus. Die Sonne kam einfach nicht durch, deshalb drang auch nur wenig Licht durch die riesigen Fenster. Dunkelheit. Tiefe schwarze Dunkelheit war es, an die ich mich erinnerte. Da war kein Licht. Keine Wärme.

Ich stand im Regen neben meinem Auto, meine Klamotten wurden nasser und nasser. Doch ich spürte nichts. Ich spürte gar nichts, hörte nicht das Prasseln, hörte nicht meinen Vater, der auf mich einredete. Nur *ihn* konnte ich fühlen. Wie *er* auf mich einschlug, mich vernichten wollte. Doch zum ersten Mal, seitdem *er* zu mir gekommen war, ließ ich es einfach über mich ergehen. Ich ließ *ihn* sich austoben. Sollte *er* mich doch töten, mir war es egal. Ich fühlte mich *ihm* überlegen: Ich hatte *ihn* enttarnt. Langsam überquerte ich die Fahrbahn, ging zum Holztor. Ich drückte die Klinke, es öffnete sich. Das Schild neben der Tür nahm ich nur beiläufig wahr: ›Pflegeheim Wannsee‹. Früher war es eine andere Art von Einrichtung gewesen. Wie ein Roboter ging ich den langen Weg entlang, der zum Haus führte. Ein paar Menschen suchten anscheinend Schutz vor dem Regen und liefen ins Haus. Doch die waren mir auch egal. Ich sah zu den Fenstern, erwartete, dort gebastelte Sterne zu sehen, Weihnachtsschmuck. *Kann nicht sein*, dachte ich. *Es ist ja Sommer.* Plötzlich sah ich neben mir den kleinen Ben. Wie er ängstlich, gebeugt, mit dem Blick zum Boden die Einfahrt entlangging, entlanggezogen wurde. Er wollte weinen, schreien, traute sich aber nicht. Er war verwirrt, schreckerfüllt und einsam. Doch die Dame, die ihn hinter sich herzog, kümmerte das nicht. Mit schnellen Schritten ging sie mit ihm auf das Gebäude zu. Sie trug einen weißen Kittel, ihre schwarzgrauen Haare hatte sie streng nach hinten gekämmt. Und sie sah den kleinen Ben nicht einmal an. Ben wagte einen scheuen Blick nach oben, als sie durch die riesige, massive Holztür ins Haus gingen. Die Decken waren meterhoch, wie eine Kirche kam es ihm vor. Der Boden war mit hellem Marmor ausgelegt. Es roch nach kaltem und altem Gemäuer. Nur seine Schritte und die der Dame waren zu hören, sie hallten in dem großen Raum. Links in der Ecke stand ein meterhoher Weihnachtsbaum, festlich in Rot und Gold geschmückt, mit einem großen Stern an der Spitze. Außer ihnen war kein Mensch zu sehen. Er wusste nicht, was passiert war. *Warum bin ich hier? Wo sind Mama und Papa? Wo sind die anderen?* Der kleine Ben schluchzte fast lautlos. Die Dame zerrte ihn die breite Betontreppe hoch, Ben konnte kaum Schritt halten. Sie sah wütend und genervt aus. Wieso war die Dame denn wütend auf Ben? Er kannte sie doch gar nicht. Warum waren alle wütend auf ihn?

»Komm schnell. Ich habe keine Zeit«, sagte sie, zischte es fast. Ben gehorchte. Wenig später ließ sie seine Hand los. Und obwohl Ben Angst vor der Dame hatte, fühlte er sich erst jetzt vollkommen verlassen. Jetzt hatte er keine Hand mehr, an der er sich festhalten konnte. Noch nicht einmal mehr die der strengen Dame mit dem weißen Kittel. Ben schaute sich um und fand sich in einem ellenlangen Schlafsaal wieder. Die Decke war hier ebenso hoch wie unten im Eingangsbereich. Unter den Decken hingen Lampen, die grelles Licht hinabwarfen, die wenigen, großen Fenster ließen dagegen gar keine Helligkeit hinein. Im parkartigen Garten war es stockfinster. Die schweren schwarzen Vorhänge würden auch die letzten Strahlen aussperren. Ben konnte die vielen Betten gar nicht zählen. An den Wänden standen Schränke, mit Namen versehen. Die Dame ging zu einem der Schränke, holte ihren Stift heraus und schrieb mit großen Buchstaben ›Ben‹ auf das dafür vorgesehene Feld.

»Das ist dein Schrank. Und dahinten ist dein Bett. Deine neuen Freunde kommen gleich, die sind noch im Saal unten und feiern die Messe.« Dann ging die Dame hinaus, ohne Ben noch einmal anzublicken. Die Tür schlug mit einem gewaltigen Schlag zu, es hallte sekundenlang nach und Ben war allein. *Alleinalleinallein.*

»Ben, lass mich doch erklären!« Plötzlich merkte ich, dass mich jemand schüttelte. Mein Vater riss mir von hinten an der Schulter. Ich schaute an mir herunter. Hier stand der erwachsene Ben. Die Tränen waren getrocknet, dafür regnete es unvermindert. »Ben!« Das erste Mal, seit ich aus dem Auto ausgestiegen war, spürte ich meinen Körper. *Er* war weg. Ich fühlte mich erschöpft, als wäre ich lange schnell gelaufen. Erschöpft, aber nicht mehr einsam. Mein Vater war hier. Er holte mich hier heraus.

»Papa!« Ich fiel ihm in die Arme und fing an zu weinen.

»Junge. Lass mich das doch alles erklären.« Doch ich wollte nur von ihm im Arm gehalten werden. Nur weinen. Ich hatte es satt, Angst zu haben, verlassen zu werden. Ich wollte meinen Vater niemals mehr loslassen. Ich sah es jetzt ganz deutlich: der Tag, an dem ich hier ankam. Es war dunkel, es war Weihnachten. Und ich war allein. Alleingelassen von meinen Eltern, meiner Familie. Es lag Schneematsch und es regnete. Genau wie jetzt regnete es damals, doch damals war es kalt, eisig kalt. Der Wind war unerträglich. Ich hatte nur eine dünne Wolljacke an. Mehr hatten sie wohl nicht gefunden, als sie mich abholten. Doch ich verstand nicht, warum sie mich abgeholt hatten. Jahrelang hatte ich diese Erinnerungen weggeschlossen, ganz tief vergraben. Keiner hatte sie erreichen können, weder Lissy noch die Therapeuten. Und meine Eltern hatten mir nichts erzählt. Sie hatten geschwiegen und gelogen, um weiter schweigen zu können. Bei diesem Gedanken löste ich mich plötzlich von meinem Vater. Warum hatte man mich hierhergebracht? Er schaute mich an und verstand, ohne dass ich fragen musste.

Sie hatten mich alleingelassen. Meine Eltern ließen mich im Stich. Ganz allein. Mit vier Jahren. In einem dunklen, alten, toten Haus. In einem Kinderheim. Für eine Ewigkeit war ich dort gefangen. Kannte keinen und keiner kümmerte sich um mich.

»Fünf Tage warst du hier, mein Junge.« Ich sackte zusammen, musste mich auf die riesige Eingangstreppe setzen. Mein Vater ließ sich neben mir nieder, wir saßen zusammen im strömenden Regen. »Fünf Tage. Und ich bereue jeden Moment.«

»Fünf Tage? Es war eine Ewigkeit! Niemals fünf Tage!«, schrie ich ihn an.

»Fünf Tage. Es tut mir so leid.« Er versuchte, seine Hand auf meine Schulter zu legen, ich wehrte ihn ab. Es spielte auch keine Rolle. Wichtig war, was der kleine Ben fühlte. Und für den war es eine Ewigkeit gewesen.

»Es war eine Ewigkeit«, sagte ich leise und hielt mir die Hände vors Gesicht. Schweigend saßen wir auf der Treppe, wurden nass bis auf die Haut.

Ich versuchte, mich zu beruhigen und wieder einen klaren Kopf zu bekommen. Jetzt wusste ich, warum man mich bis zu meinem zwölften Lebensjahr nicht einmal für ein paar Minuten alleinlassen konnte. Überall mussten mich meine Eltern mit hinnehmen, selten bis gar nicht konnten sie abends ausgehen. Zu groß war das Theater, meine Panik, wenn sie gehen wollten. Mehrfach standen sie schon in Anzug und Kostüm vor der Tür, um in die Oper oder zu einer Einladung zu gehen, und mussten dann doch bleiben, weil ich zu hyperventilieren drohte.

»Aber du bist doch schon groß!«, sagten sie immer. Groß? Ich war der kleine Ben. Und jetzt wusste ich auch, wie klein ich damals immer war: Ich war vier Jahre alt und im Kinderheim. Für eine Ewigkeit von fünf Tagen. Die Bilder ratterten in meinem Kopf. Einiges war mir nun klarer, nur eins nicht: Warum hasste ich *mich* so? *Sie* waren die Schuldigen! Meine Eltern hatten mich alleingelassen! *Die* sollten sich hassen! Nicht ich mich!

»Papa, warum war ich hier? Wieso habt ihr mich alleingelassen? Und wo war Finn?«

Mein Vater schaute auf den Boden. »Finn war noch nicht bei uns. Aber wir hatten jemand anderen verloren.«

»Jemand anderen?« Ich spürte es, plötzlich wusste ich es. Da war noch jemand anderes gewesen. Der mich verlassen hatte. Noch jemand, der sich hassen sollte?

Mein Vater nickte. »Jemand anderen.« Er machte eine Pause und sagte dann einen Namen, der meinen Körper beben, alle Zeiten verschwimmen, meinen Körper auseinanderfallen ließ. »Karli.« Es schlug bei mir ein wie ein Blitz.

»Karli?« Ich stand auf, rannte zum Tor und zum Auto, mein Vater versuchte, mit mir Schritt zu halten, war jedoch zu langsam. Ich stieg in den Wagen, startete den Motor, wendete wieder mit quietschenden Reifen, mein Vater eilte zur Beifahrertür und stieg ebenfalls ein. Ich gab Gas. Mein Vater schaute mich an, wusste genau, wo ich hinwollte, wusste genau, dass ich es ahnte.

»Wohin, Papa? Sag mir jetzt bloß schnell, wo es ist.« Die Wut sprach aus meiner Stimme. Die Wut brannte im ganzen Körper. Doch sie richtete sich nicht gegen meinen Vater. Oder meine Mutter. Oder Karli. Nein, die Wut, der Hass richtete sich plötzlich mit voller Wucht gegen mich.

»Ben. Nun mal langsam.«

»Wohin?!«, schrie ich ihn an, sodass er zusammenzuckte. Mein Vater deutete nach rechts, ich bog rechts ab, fuhr wieder über die Wannseebrücke, blickte diesmal nicht nach links und nicht nach rechts, überholte die anderen Autos, hupte, fuhr Slalom von links nach rechts und wieder nach links, überfuhr eine rote Ampel. Mein Vater krallte sich am Haltegriff fest, wagte aber nicht, etwas zu sagen. Er wusste, was passieren würde. Er wusste, dass ich gleich am Ende meiner Reise angelangt sein würde. Und er musste dafür noch nicht einmal etwas sagen.

»Wohin jetzt?«

Wenig später zeigte er wortlos auf eine Ampel und nach links. Ich zog Oscar nach links, der Wagen brach auf der regennassen Straße beinahe aus, Wasser spritzte aus einer Pfütze auf den Bürgersteig, Fußgänger sprangen zurück und gestikulierten wild. Es kümmerte mich nicht.

Wir kamen in eine Tempo-30-Zone. Ich bremste ein wenig ab. Kopfsteinpflaster, es ging nach rechts. Die Straße war gesäumt von idyllischen Einfamilienhäusern, viel Grün, viele Bäume. Autos parkten am Rand, wenig Verkehr. Rentner spazierten unter Regenschirmen, dann kam ein Spielplatz. Ich hielt an. Schaute meinem Vater in die Augen, sah seine Tränen. Er sagte aber nichts. Mein Blick verschwamm, mein Vater blieb sitzen. Er wusste, er konnte nichts tun. Ich stieg aus, sah den Spielplatz, es regnete, eine Schaukel, eine Seilbahn, zwei kleine Holzhäuser, eine Wippe. Ich sah das Haus dahinter, ein altes Haus, ein schönes Haus. Plötzlich war es, als legte sich ein Déjà-vu über meine Wahrnehmung. Das Haus war gelblich, mit einem dunklen Dach, und es zog mich magisch an. Langsam ging ich über die Straße darauf zu. Ein Turm stand in der Mitte, das war der Eingangsbereich und das Treppenhaus. Ich erinnerte mich genau an den Geruch, wenn man hineinkam. Ich sah den Weihnachtsbaum vor der Tür, sah die Lichterkette, den Schmuck an den Fenstern, die Kerzen, die Weihnachtssterne auf der Fensterbank, spürte die Unbeschwertheit, sah meine Großeltern, alle vier, hörte eine Kirchenglocke, roch den Duft von Glühwein, Zimt und Kaffee. Ich spürte die Aufregung eines kleinen Kindes an Heiligabend vor der Bescherung. Ich sah Ben mit Opa toben, Mama war in der Küche, Papa hackte Holz. Es hatte geschneit. Nicht viel und bald sollte es regnen, doch es reichte für einen kleinen Schneemann. Der stand rechts vom Eingang, mit Kastanien als Augen, einem kleinen alten Topf als Hut, einer Karotte als Nase. Ben war aufgeregt und glücklich, er hatte seine schönen Klamotten angezogen. Und da war Karli, sein kleiner Bruder. *Mein* kleiner Bruder. Ich sah ihn jetzt genau vor mir. Riesengroße Augen, lachender Mund, dicke Babywangen. Er war ein paar Monate alt. Zuckersüß. Ben liebte Karli. In jeder wachen Sekunde wollte Ben bei ihm sein. Karli war gerade vom Mittagsschlaf aufgewacht. Ben hatte zu laut mit Opa getobt.

»Macht nichts«, sagte Mama. »Er musste eh langsam aufwachen. Wir wollen ja gleich in die Kirche.«

Ben war schon fertig, hatte schon Schuhe an, seine feinen Halbschuhe. Er konnte es kaum erwarten, endlich loszugehen. Denn nach der Kirche kam stets ein kleiner Spaziergang von der Kirche nach Hause, dann ein kleines Getränk für die Erwachsenen und dann musste Ben immer mit Oma und Opa in sein Zimmer gehen. Und warten, bis die Glocke läutete. Bis endlich der Weihnachtsmann da war. Unruhig tippelte der kleine Ben von einem Fuß auf den anderen.

»Mist«, schimpfte Mama. »Karli hat die Windel voll.« *Ausgerechnet jetzt*, dachte wohl nicht nur Ben. Mama nahm ihm die Windel ab und schimpfte wieder. »Puh, alles voll. Die Windel hat nicht gehalten.« Mein Vater lachte, meine Großeltern wollten ein Foto machen, was Mama empört unterband. Ben lachte mit, wollte aber eigentlich los, konnte es gar nicht mehr erwarten. »Das wird nichts. Tut mir leid. Ich muss ihn kurz baden. Da ist alles angebacken. Wahrscheinlich hatte er schon eine volle Windel, als er eingeschlafen ist.«

Papa beruhigte alle. »Kommt, dann schenke ich uns noch einen Sekt ein. Es ist noch genug Zeit bis zum Gottesdienst.« Es gab eine kleine Diskussion, ob man dann noch einen Platz finden würde. Ben war das egal, er wollte nur los. Papas Eltern boten ihre Hilfe an.

»Ich bin noch nicht ganz fertig, muss mich noch kurz umziehen. Das wäre toll, wenn ihr das übernehmen könntet«, sagte meine Mutter.

»Klar«, sagten die und ließen Badewasser ein. Ich wollte zu Karli, ging mit ins Badezimmer und sah meinen Großeltern zu, die sorgsam das Badewasser einließen und die Temperatur prüften. Bald war die Wanne ausreichend voll. Mein Opa ging hinaus, um noch einen Schluck Sekt zu trinken. Meine Oma rubbelte am kleinen Karli, der sich ein wenig wehrte, aber ansonsten kein Theater machte. Das konnte er nämlich auch gut, wenn er keine Lust auf Baden hatte. Er saß recht zufrieden in einem Sitz, der auf dem Badewannenboden festgesogen war.

»Erst einmal einweichen lassen. Dann mache ich dich sauber«, sagte Oma liebevoll und mit singender Stimme. Das Badewasser ging Karli bis zum Bauch. Ich ging zur Wanne und versuchte, die Hände ins Wasser zu halten. Ich musste mich kräftig strecken, bis ich mit den Fingerspitzen herankam. *Schön warm*, dachte ich. Oma begann zu rubbeln, versuchte alles, aber schnell war das Handtuch, mit dem sie Karli sauber machen wollte, vollkommen verdreckt.

»Ich gehe nur kurz ein neues holen«, sagte sie. Karli gluckste und ich lachte. Ich wurde immer aufgeregter. Dachte an den Tannenbaum, die Kerzenlichter und die Geschenke. Würde ich das ferngesteuerte Auto bekommen, das ich mir gewünscht hatte? Ich ging im Badezimmer hin und her. Es sah wüst aus, Mama und Papa hatten sich hier für das Fest umgezogen und hübsch gemacht, aber wohl noch nicht wieder aufgeräumt. Da lagen Klamotten, Papas Rasierapparat, Mamas Schminkzeug. Direkt neben der Badewanne war das Waschbecken, das Badezimmer war nicht besonders groß, auf dem Waschtischunterschrank lag etwas. Etwas Großes, Schwarzes. Das immer viel Lärm machte, wenn man es anstellte. Etwas, aus dem heißer Wind kam. Hatte Mama wohl vergessen wegzulegen. Normalerweise war es immer im

Schrank ganz oben. Ich dachte an die Geschenke. An den Weihnachtsmann. Würde er bald kommen? Es wurde doch schon bald dunkel! Wir mussten uns beeilen. Ich nahm eine kleine Schere in die Hand. Und legte sie wieder weg. Karli gluckste, patschte mit den Händen ins Wasser und lachte. Ich schaute ihn an, musste mitlachen, nahm dieses Ding, das auf dem Waschtischunterschrank lag, spielte mit der Schnur, die irgendwann fest wurde. Sie war in eine Steckdose gesteckt. Da durfte ich nicht dran. Das wusste ich. Das Ding war ganz schön schwer. Karli lachte. Ich lachte. Was war denn das Rote da auf dem schwarzen Ding? Ich drückte drauf. Und zuckte zusammen, das Ding machte einen Höllenlärm. Karli erschrak auch, schrie vor Angst, ich drehte mich um, das Ding war zu schwer, es machte so einen Lärm, es fiel mir aus den kleinen Händen, purzelte hinunter, stieß auf den Badewannenrand, drehte sich, die Schnur war lang. Karli weinte, weit geöffnet der Mund, ich hielt mir die Ohren zu, wollte die Augen zumachen. Das Ding dröhnte weiter, machte Wind, rutschte ab und fiel in die Badewanne. Das Licht ging aus. Ich hörte nichts mehr.

~

Ein Jahr ist seit dem Tod meines Vaters vergangen. Ein intensives Jahr. Ich fühle mich, als wäre mir ein neues Leben geschenkt worden. In diesem Jahr musste ich mich komplett neu kennenlernen, habe mir Hilfe gesucht, mir selbst geholfen, meditiert.

Nach einem Jahr ist es mal wieder Zeit für ein Wochenende mit meinen Freunden. So wie früher. Haben wir lange nicht mehr gemacht. Es ist die erste Nacht –

seit der Reise mit meinem Vater –, in der ich von Lissy getrennt bin. Und so liege ich nun an einem Sonntagmorgen in meinem Bett in einem Ferienhaus in Dänemark an der Nordsee, das wir gemietet haben, und wache wieder einmal auf. Draußen ist es stockduster. Es muss sehr früh sein. Mein Kumpel schläft neben mir. Tief und fest. Die Situation gleicht unzähligen früheren. Ich reiße die Augen auf und weiß, jetzt geht es wieder los. Ich beginne, tiefer zu atmen, rutsche im Bett ein wenig zur Seite, kneife die Augen schnell wieder zu. *Er* wird wiederkommen. Es ist wieder so weit. Ich warte auf die Einschläge. Machtlos, ohne Hoffnung. Dem Schicksal ausgeliefert. Ich halte den Atem an. Höre mein Herz pochen, horche tief in mich hinein. Warte, dass *er* kommt. Doch *er* kommt nicht. Tief in mir finde ich nur mich selbst.

24. Kapitel

Es hat noch ungefähr acht Jahre gedauert, bis mein Vater mit mir über seine Vergangenheit sprach. Ich war gerade fünfzehn geworden und wir machten einen unserer regelmäßigen Tochter-Papa-Abende. Anfangs machten wir die immer dann, wenn Mama mit Moritz beschäftigt war oder Moritz schon schlief und Mama arbeiten musste. Dann saßen Papa und ich auf der Couch oder dem Balkon und redeten über alles Mögliche. Er trank ein Glas Rotwein, ich durfte Chips essen und manchmal machte er mir auch einen Saft-Cocktail. Ich liebte diese Abende, da fühlte ich mich meinem Vater immer so nah wie nie. Später führten wir ein, dass wir abends auch einmal allein in ein Restaurant gingen, während Mama und Moritz zu Hause blieben. Und genau so ein Abend war das damals.

Es war Herbst. Wir gingen in ein kleines Restaurant am Mühlenkamp, gleich um die Ecke von unserer Wohnung. Es war Mamas und Papas Lieblingsrestaurant, italienisch, gemütlich. Wir saßen an unserem Lieblingstisch und ich weiß nicht mehr so recht, was mich dazu bewog, diese Frage zu stellen – ich glaube, es lag an den Fotos, die Mama am Tag vorher herausgeholt hatte. Wir hatten um den Esstisch gesessen und sie uns unter großem Gelächter angesehen. Ich muss auf diesen Fotos, die die gesamte Geschichte unserer kleinen Familie abbildeten, wohl gesehen haben, dass sich im Laufe der Zeit etwas verändert hatte. Gab es vor meinem siebten Lebensjahr keine wirklichen Weihnachtsfotos, konnte man sich später kaum davor retten.

Deshalb fragte ich: »Papa, ist eigentlich nach Opas Tod etwas mit dir passiert? Habt ihr euch so doll gestritten, dass du froh warst, dass er starb?«

»Wie kommst du denn darauf?«, fragte er ein wenig entrüstet. »Opa und ich waren sicherlich nicht immer einer Meinung, waren sicherlich nicht immer herzlich zueinander, aber gestritten haben wir uns fast nie. Und wir hatten uns sehr gerne.«

»Na, du warst nach seinem Tod so anders. So gelöst. Und irgendwie glücklicher als vorher. Vorher hast du viel gegrübelt. Im Sessel. Ich kann mich noch an Hunderte von Situationen erinnern, in denen ich das Gefühl hatte, dass du nicht ansprechbar warst. Und das lag nicht an deiner Arbeit mit den Büchern.«

Mein Vater nickte. »Aber das lag nicht an Opas Tod.« Er blickte auf das Tischtuch vor sich, wusste wohl sofort, worauf ich hinauswollte. Er überlegte kurz, und dann begann er zu erzählen. Stundenlang saßen wir an diesem Abend an unserem Lieblingstisch in unserem Lieblingsrestaurant, aber gegessen habe ich fast nichts. Seine Geschichte schockierte mich natürlich, andererseits war ich gerührt, wie offen er in diesen Stunden zu mir war. Er sprach über seine jahrelangen Selbstzweifel, die Machtlosigkeit, weil er nicht wusste, warum er war, wie er war. Dann erzählte er mir von seinem kleinen Bruder Karl und davon, was damals an Weihnachten passiert war. Und er erzählte mir, was danach kam. Ich habe viel geweint an diesem Abend.

Der Notarzt konnte Karli nicht mehr retten und nur noch den Tod feststellen. Meine Großeltern standen unter Schock, meine Oma schrie herum, mein Vater konnte sich noch genau an die Schreie erinnern. Bis zuletzt konnte er es kaum ertragen, wenn eine Mutter laut schrie.

Alle weinten, mein Opa hielt den toten Karli im Arm und wollte ihn nicht mehr loslassen. Stundenlang. Meine Urgroßeltern, die ihn baden sollten, stammelten die ganze Zeit: »Das haben wir nicht gewollt. Das haben wir nicht gewollt.« Und waren heftigen Vorwürfen von meinen anderen Urgroßeltern ausgesetzt. Das Haus in Wannsee war voller Menschen. Sanitäter, Ärzte, Polizisten. Nachbarn hatten sich draußen versammelt, das Blaulicht blinkte durch die Heilige Nacht. Und irgendwo in der Ecke saß mein Vater und verstand nicht, was passiert war. Mit großen Augen und leisen Tränen muss er gekauert haben; aber keiner kümmerte sich um ihn, keiner erklärte ihm, was mit Karli geschehen war. Er begriff nur so viel: dass er wohl etwas ganz Schlimmes gemacht haben musste. Dass alle nur seinetwegen herumschrien, weinten und stritten. Dass Karli nicht mehr lachte. Dass die Polizisten da waren. Er wusste, er war an allem schuld. Wirklich an allem.

Danach mussten meine Großeltern ins Krankenhaus, zu groß war der Schock. Mein Opa war kaum ansprechbar und meiner Oma mussten sogar Schlaf- und Beruhigungsmittel verabreicht werden. Meine Hamburger Urgroßeltern fuhren wieder nach Hamburg, die anderen verkrochen sich in ihrer Wohnung in Berlin und haben sich fast nie wieder bei meinen Großeltern gemeldet. Keiner kümmerte sich um meinen Vater. Daher wurde entschieden, dass er vorübergehend in eine entsprechende Einrichtung sollte, in ein Kinderheim, bis meine Großeltern sich ihm wieder widmen konnten.

Vom Kinderheim erzählte mein Vater nichts. Er nahm meine Hand, schaute mir in die Augen, ich sah seine Tränen und er sagte: »Maja, das möchte ich nicht erzählen. Das kann ich einfach nicht. Vielleicht irgendwann einmal, aber nicht heute.« Ich nickte. Es müssen die schlimmsten Tage seines Lebens gewesen sein. Er hat bis zuletzt nicht davon gesprochen.

Nach ein paar Tagen wurde mein Vater von seinen Eltern abgeholt, aber natürlich war das Familienleben nicht mehr dasselbe. Die Polizei hatte gegen meine Großeltern Ermittlungen aufgenommen, die zwar bald eingestellt wurden – es war schließlich ein tragischer Unfall. Trotzdem konnten meine Großeltern einander nur noch Vorwürfe machen. Irgendwann muss mein Opa auf die Idee gekommen sein, nach Usedom zu fahren, um Urlaub zu machen, um aus Berlin und aus dem Haus in Wannsee herauszukommen. »Zu Tante Lis«, sagte Papa, und seine Augen strahlten. Mehr erzählte er aber nicht von ihr. Auch auf Usedom stritten meine Großeltern, aber dann muss es einen Abend gegeben haben, an dem sich alles änderte: Meine Großeltern begriffen, dass sie meinen Vater nicht alleinlassen konnten. Und an diesem Abend haben die beiden wohl beschlossen, Berlin für immer wegzuschließen, hinter sich zu lassen, aus ihrer Geschichte zu tilgen. Aus Selbstschutz, wie mein Opa meinem Vater später beichtete. Meine Berliner Urgroßeltern haben sie nie wiedergesehen. Sie zogen nach Hamburg, erst zum Falkenried nach Eimsbüttel, dann nach Poppenbüttel, in das Haus, das ich auch noch kannte, das nach Omas Tod aber verkauft wurde. Nie wieder waren sie in Berlin. Nie wieder, bis zu dem Trip meines Vaters mit meinem Opa, bei dem alles herauskam.

Meine Großeltern versuchten, wieder ein Kind zu bekommen, was aber nicht klappte. Daher adoptierten sie später meinen Onkel Finn. Das war der Anlass für den endgültigen Bruch zwischen meiner Oma und ihren Eltern. Sie hatte schon immer ein schwieriges Verhältnis zu ihnen gehabt, aber nachdem Finn adoptiert wurde, machten ihre Eltern meine Oma dafür verantwortlich, dass sie kein weiteres Kind bekommen konnte. Eine Frau müsse ja Kinder gebären können. Wofür sei eine Frau denn gut, wenn nicht dafür? Das muss sowohl für meine Oma als auch für meinen Opa zu viel gewesen sein und sie sprachen nie wieder mit meinen Urgroßeltern. Aber auch das hielten meine Großeltern jahrelang geheim. Ich glaube, meine Großeltern waren einfach überfordert. Sie hatten den Tod meines Onkels Karli nie verarbeitet und bauten sich ein Leben zurecht, mit dem sie klarkamen. Nur an meinen Vater haben sie dabei nicht gedacht.

Später fing mein Vater eine besondere Traumatherapie an. Ich war erstaunt, dass er mir das erzählte, weil er ansonsten mit Krankheiten nicht so recht umgehen konnte. Und es dauerte zwar sehr lange, aber irgendwann war er so weit, dass er sich verzeihen konnte. Das war auch die Zeit, als er Buddhist wurde und zu meditieren begann. Eines der vielen Dinge, die ich von ihm gelernt habe und bis heute praktiziere.

Natürlich waren, selbst nachdem diese Familiengeheimnisse enthüllt worden waren, nicht alle Fragen, die mein Vater an sich selbst hatte, beantwortet. Es war nicht so, dass er plötzlich jemand war, der in sich ruhte. Aber seit Opas Tod war mein Vater gelöster, es wurde mehr gelacht und alles bei uns in der Familie schien leichter zu fallen. Er war allerdings immer noch ein ›Freak‹, wie meine Mutter ihn öfter nannte. Er hatte gelernt, mit sich selbst und seiner Vergangenheit zu leben. Trotzdem hat er bis zuletzt nach etwas gesucht und ich bezweifele, dass er es gefunden hat.

Mein Vater starb letztes Jahr mit einundsechzig Jahren an Krebs, genau wie Opa. Ich vermisse ihn seitdem jeden Tag. Ich kann bis heute nicht begreifen, dass er mich – und Mama und Moritz – so früh verlassen musste. Was würde ich dafür geben, wenn ich noch einmal mit ihm sprechen könnte! Wie häufig mache ich mir Vorwürfe, dass ich zu wenig Zeit mit ihm verbracht habe, dass ich zu viel Zeit mit unwichtigen Dingen verbracht habe, mich über unsinnige Sachen aufgeregt habe, anstatt die Zeit zu nutzen und ihm nahe zu sein.

Zwischen seinen Büchern und alten Notizheften fand ich vor ein paar Tagen Aufzeichnungen von ihm und auch in seinem Computer waren Dateien gespeichert. Zwischen zwei Seiten eines Buches lag außerdem eine Notiz in seiner Handschrift, er hatte wohl ein Zitat oder eine buddhistische Weisheit abgeschrieben:

»Das Leben ist vergleichbar mit Radiowellen. Die Wellen sind immer da, ganz unabhängig vom Radiogerät. Aber man hört das Programm nur, wenn man das Gerät anschaltet. Manchmal ist das Gerät zu alt und dann geht es kaputt. Aber dann gibt es eben ein neues Gerät. Hauptsache, man schaltet ein. Denn die Wellen sind immer da. Und davor braucht man keine Angst zu haben. Ob sie mal laut, mal leise, hell oder dunkel sind.«

Daneben lag ein Bild, von Kinderhand gemalt. Auf der Vorderseite ein Herz, unterteilt in einzelne Farben und geschrieben stand: »Lieber Papi, ich liebe dich viel viel viel viel mehr als Regen, Schoko, Lesen, Schnee, Wasser und Äpfel. Du bist der tollste, schlaueste, coolste, liebste Papa der Welt und du hast die liebste Frau der Welt geheiratet.«

Das Bild habe ich gemalt, als ich acht war. Ich erinnere mich noch genau. Ich war glücklich, weil ich spürte, dass er endlich glücklich war. Er lachte anders – und öfter. Und deshalb konnte ich endlich auch befreit lachen.

Am Ende unseres Tochter-Papa-Abends, als ich vollkommen erschöpft neben meinem Vater den Mühlenkamp entlangging, sagte er halb scherzhaft zu mir: »Was meinst du, Maja, wäre die Geschichte nicht perfekt für ein neues Buch?« Und ich lachte nur, wusste nicht, dass er es ernst meinte.

Kai Lüdders

Der Politologe und Jurist Kai Lüdders ist in Hamburg geboren und aufgewachsen. Der verheiratete Vater zweier Kinder liebt es, die Geschichten des Lebens mit seinen Dramen, Widersprüchen und Verwerfungen zu erzählen – immer mit einer großen Prise Fantasie und viel Tempo. Kai Lüdders wohnte und arbeitete lange Zeit in Berlin und lebt jetzt in Hamburg-Blankenese.

Mehr Information zum Autor und seinen Romanen finden Sie unter *www.kai-luedders.de.*